ふたり

～私たちが選んだ道～

はじめに

「あの事故さえなければ……」

初めはこの運命を憎み、悔やみました。しかし今は、このことがあったからこそ、大切なことに気付くことができたと思っています。

朝目覚めたら、隣に愛する人がいること、二人でご飯を食べられること、二人でテレビを見ながら笑えること……。そんな当たり前の平凡な毎日が一番の幸せであることや、この平凡を続けていくことが、いかに難しいことかを知ったように思います。

目次

新たな始まり　～穏やかな日々を取り戻すまで～

※看護婦は、現在看護師と言います。
しかし本書では当時のまま「看護婦」で書かせていただきます。

【脊髄損傷《せきずいそんしょう》】

脊椎《せきつい》（背骨）の中は、脳と手・足・内臓を結ぶ神経である脊髄が通っています。

脊髄損傷とは、背骨や脊髄の腫瘍や炎症、外傷やケガなどによってこの脊髄という太い神経が切れたり、死んだりした状態のことを言います。こうなると、その傷ついた神経から下は自分の命令が伝わらないか、不完全にしか伝わらず、知覚や運動の障害（麻痺）が残ります。

脊髄損傷の合併症として、排泄機能の障害や、性機能の障害を起こします。

一度破壊された脊髄は、骨や皮膚、肝臓などと違い、元に戻ることはありません。そして、知覚や運動の麻痺は何らかの形で続くことになります。

しかし、この麻痺は脊髄の破壊が「完全」か「不完全」かによって、回復する可能性がありますゥ。不完全であれば、一時的な麻痺で終わり、機能が戻る可能性がありますが、完全の場合は麻痺の回復は難しいと言われています。

また、頚髄《けいずい》（首の骨の中にある脊髄）の脊髄損傷になると、両手両足に麻痺が残る障害を負い、胸髄《きょうずい》（胸のあたりの背骨の中にある脊髄）のレベル以下の脊髄損傷になると、両手に麻痺はなく、両足のみの麻痺の障害を負います。

夫は胸椎の十二番目の脊髄損傷なので、両手は不自由なく使えますが、両足は障害（完全麻痺）を負っているため、立ったり歩いたりすることは、全くできません。

表紙デザイン　ライツアソシエイツ
切り絵デザイン　杉野順子
編集・制作　ライツアソシエイツ
丹羽健二（デザインハウスクロップ）
栗田礼子

運　命

〜新婚七ヶ月目の交通事故〜

運命の交通事故

「救急隊ですが、ご主人、交通事故に遭われたので至急、病院まで来てもらえますか」

目の前が真っ白になりました。

　電話を切った私は、何をどうしたら良いのか全くわからなくなり、パニックになっていました。

　気が付くと、私は自分の実家に電話をしていました。

「だんなが事故で……」

　と声を震わせ、母に伝えると、

「事故？　どこの病院に運ばれたのかわかってるでしょ、早く行ってあげなさい」

と言われ、ハッと我に返りました。

カバンに財布と免許証だけを詰め込み、慌てて家を出ました。

玄関の扉にカギを掛けようとしたのですが、パニックで手がガタガタ震え、カギがうまく鍵穴に刺さらず震える右手を左手で押さえながら、何とかカギを掛けました。車に乗り込み、エンジンを掛けると次に何をすればよいのかもわからないほど、気が動転していました。

「ここで私が事故を起こしてしまったらいけない。落ち着いて、落ち着いて」

と自分に言いきかせ、何とか車を出発させました。

家の前の大きな通りを曲がり、長い坂を登っていくと、二〇〇mぐらい走った所で人だかりができていました。

「ここでも、事故があったのか」と、他人事のようにその場を横切ろうとした時、薄暗い街灯の下で電柱とガードレールにぶつかっている車が一瞬見えました。

「……、まさか」

と思い、私は車を降りて恐る恐る近寄ってみました。

――それはまぎれもなく夫の車でした。車は反対車線を越え、電柱とガードレールに衝突していましたが、幸いにも単独事故でした。助手席には電柱がのめり込み、車の左半分が潰れ、フロントガラスには頭を打ちつけたような跡が生々しく残り、衝撃のすごさを物語っていました。

私は、その車を見て、とても夫が生きているとは思えませんでした。

体中が震え、自然に涙がポロポロとこぼれ落ちてきました。

「あと、もう少しで家なのに、どうして。あと、もう少しで着いたのに」

と何度も何度も、同じ言葉を口にしていました。

あまりのショックで足取りが定まらないながらも、なんとか車に戻り、エンジンを掛けました。すると、カーステレオから、ある曲が流れ始めたのです。

それは、七ヶ月前の結婚式で、夫が入場曲に選んだ「ドリームズ・カム・トゥルー」の曲でした。

憧れのウエディングドレスを身にまとい、うれしさと恥ずかしさの中で、照れながら夫の腕を取り、入場したあの曲。まぶしいほどキラキラした思い出が詰まった、あの曲が偶然にも流れ始めたのです。

幸せに満ちていた時の思い出と、この現実が頭の中でグチャグチャになりました。悲しくてつらくて、聞いていることができず、私は思わずカーステレオを止めました。

「まだ、結婚したばかりなのに。あんなに幸せだったのに。どうして」

悲しくて辛くて、涙が止まりませんでした。

放心状態の私はいったいどの道を通って行ったのでしょう――。

どうにか病院へたどり着きました。救急外来の受付へ行き、震える声で夫の名前を言うと、そのまま待合室へ案内されました。

イスに腰掛け、「落ち着け、落ち着け」と呪文のように、何度も自分に言い聞かせていました。

私が病院に着いて数分後、検査を終えた夫が数名の医師と看護婦に囲まれ、ストレッチャーで運ばれてきました。

私の顔を見るなり、「おーい」とうっすらと笑顔を浮かべ手を振る夫。あんなに大きな事故に遭ったとは思えない顔をしていました。

「あぁ、無事だったんだ。良かった――」

私は、その姿を見て安心し、全身の力が抜け、そのままイスに座り込んでしまいました。

「鎌形芳行《かまがたよしゆき》さんのご家族の方、見えますか」と診察室から医師に呼ばれ、状態の説明を受けることになりました。

「見た感じとしては外傷もなく、ひどい状態ではないように見えますが……、血圧も不安定で、まだまだ気を許せないような状況です」

「えっ？　今そこで顔を見たとき、私ってすぐにわかって手を振ってくれましたよ。そんな状態には見えなかったです!!」

夫の状態を受け止められない私は、強い口調で医師に言い寄りました。

「それは、一時的に意識がしっかりしただけだと思います。今は、全科の医師が力を合わせて救命処置をしていますが、まだまだ危ない状態です」

さっき見た夫の顔からは、想像もしていなかった説明内容を受け、私はショックで涙も出ず、何も考えることができませんでした。

仕事柄いくら同じような場面に遭遇しても、私はいつも冷静さを保つようにしていました。まさか自分の夫にこんなことが起きるなんて考えたこともなかったので、心理的にも、とても冷静にはなれませんでした。

待合室へ戻ると、仕事中だった義妹が、両親から連絡を受け、慌てて病院に掛けつけてくれていました。

「お兄ちゃん、大丈夫なの？」

「危ないみたい……。どうしよう……」

二人とも放心状態になっていました。

すると向こうから、救急外来へ走ってきた看護婦が「脊損《せきそん》だって！」と大きな声で騒ぎだしました。

医療従事者が、この「脊損」という言葉を聞けば、脊髄損傷を指していることがわかると思います。もちろん、看護婦である私も、この言葉が何を指しているのかわかりました。

（脊損？うちのダンナが脊損？　まさか…。でも、うちのダンナじゃないかもしれない。きっと、別の人だ）と自分に言い聞かせました。

しばらくすると、再び医師に呼ばれました。

「先ほど、レントゲン・CT（コンピューター断層撮影）検査をしましたので説明をします。まず、肋骨が何本か折れて、それが肺に刺さり、血胸《けっきょう》（胸の中で出血をおこしているまたは、溜まった状態）を起こしています。あとは、左の鎖骨と左の上腕骨が折れていまして……」

ここまでは淡々とした口調で説明がされました。次に、医師は脊椎の状態が一番よくわかるレントゲン写真を取り出しました。

――医師が説明する前に全てがわかってしまいました。

さっきの、看護婦が言ってた患者は、やっぱりうちのダンナだったんだ。

「一番大きいケガは……、脊椎が破裂していまして……、将来……、車いす生活になることは覚悟しておいた方が……」

医師は、とても言いにくそうに説明をしました。

命が助かっても歩けないなんて。何がどうなって、こんなことになってしまったの？

頭の中がグチャグチャに混乱していました。

ちょうど説明が終わった頃、夫の両親が病院に着きました。脳梗塞《のうこうそく》で左半身マヒの後遺症を負っているお義母さんがお義父さんの手をかりながら、ゆっくりこちらへ歩いてきました。

「芳行、だいじょうぶ？」

今受けた説明をこの両親に伝えるなんて、とても私にはできませんでした。

「鎌形芳行様のご家族の方、みなさん揃《そろ》われましたか。もう一度、お話します」

家族を集め、再び説明を受けることになりました。

脊髄の話をされ、医師から「一生、車いすです」と聞くと、お義父さんは「もう、歩けないってことですか？」と言ってはいましたが、聞き慣れない医学用語と、まだ現実がよく分かっていないのとで、ことの重大さをよく理解していない様子でした。

両親より先に説明を聞いていた私でしたが、「一生」という言葉に一瞬、目の前が真っ暗になり、気を失いそうになりました。看護婦に支えられながら私は何とか自分で立っているのがやっとでした。

「一生」。

わかっていた言葉でしたが、あらためて告げられると、とても大きな障害を負ってしまい、これから私たちはどうなってしまうのか、出口の見えない迷路に入ってしまったようでした。

七ヶ月の新婚生活～運命の日～

「自分の結婚式に妊婦さんがいるとすごく縁起が良いんだって」

友人から以前、こんなことを聞いたことがありました。だからといって、わざわざ選んで招待したわけではないのですが、私たちの結婚式にも妊婦さんはいました。しかも、六人もです。

友人の言葉を聞いていた私は、妊婦が一人どころか、六人もいたことで、その縁起をかついで、将来への希望を大きく持ち、新婚生活をスタートさせました。

夫は長男なので、いずれは実家で同居することになっていました。そのため、私は夫の実家からでも通える距離にある病院を見つけ、四月から再就職していました。

看護婦という職業を天職と考え、生涯続けるつもりでいましたが、いざ生活を始めてみると、仕事と家事を両立させるのは、想像していた以上に大変なことでした。

毎日朝早く起きて、自分たち二人分のお弁当を手早く作り、夫より早く出勤していました。帰宅は、私の方が遅くなることもしばしばで、家に着くと慌しく夕食の支度をし、洗濯はお星さまを眺めながら干して、取り込むという忙しい毎日でした。

そんな私の姿を見て、次第に夫は、家事を手伝ってくれるようになりました。

まず、始めはお風呂掃除から。二人で順番に始めた掃除でしたが、他にも家事がたくさんあった私は、徐々に手抜きをするようになり、気付けばもっぱら、夫の仕事になっていました。さらに夫は、ゴミ捨てや洗濯ものの取り込みと、次々に仕事が増えていきました。

こうして、私の戦略で、夫は自然に家事へ参加させられていき、私は協力的な良い夫を持ったと、つくづく感謝していました。

新しい職場に、早く慣れようと意欲的？　に仕事をこなし、家庭に帰れば、生涯のパートナーと愛情いっぱいの生活……と、私は充実した、幸せな日々を送っていました。

――そして、この幸せは、いつまでも続くものだと思っていました。

一九九九年四月三十日

この日が運命の日でした。

私は定時に仕事を終え、夫より早く帰宅しました。「今日は私の方が早かったな」と思いながら、いつも通り、夕食の支度に取りかかりました。

そうこうしているうちに、夕食はでき上がりあとは夫を待つばかりでした。しかし、二時間ほど待っても夫の帰ってくる気配はなく、「残業でもしているのかなぁ」と、そう心配もせず、先に食事を取ることにしました。

――突然、電話が鳴りました。

私は夫からの「帰るコール」だと思い、いつものように明るい声で電話に出ました。

――それは夫からではありませんでした。

「救急隊ですが、ご主人、交通事故に遭われたので……」

目の前が真っ白になりました。

迷路

〜選択肢のない現実〜

暗闇

夫は救急外来で処置を終え、そのままＩＣＵ（集中治療室）へ運ばれました。

「状態が急変するとしたら今夜ですので、家族の方一人は、病院に泊まってください。今夜を乗り越えれたら、あとはまず、心配ないと思います」

落ち着いたら、夫に会わせてくれるということで、しばらく廊下で待つことにしました。しかし、事故後まだ夫と一言も言葉を交わしていない私は、この時間がとても長く感じられました。

「どうぞ」

ＩＣＵの医師が声を掛けてくれ、手洗いをし、白衣を着てＩＣＵの中に入りました。

たくさんの重症患者の中に、酸素マスクとモニターを付けられ全身管理をされている夫がいました。

夫は私たちに気付き、手を振ってきました。

「ここはどこなんだ?」

衝突してからは記憶があいまいなのか、今どこにいるのかわからない様子でした。

「オレの車はどうなった?」

「明日、パチンコに行こうと思ってたんだけど、行けないなぁ」

「いつまで入院してればいいんだろう……」

と、まだ自分の状態を聞いていない夫は、すぐに退院できると思っていました。

私は、そんないつも通りの夫の姿になんだか安心しました。

「意識はご覧の通り、かなりしっかりしてきています。血圧は徐々に安定してきていますし、おしっこも、まぁまぁ出てますので、もう大丈夫だと思いますが、急に状態が変わることもありますので、今夜は家族の方は院内にいて下さい」

話し合いの結果、私は一人で病院に泊まることにしました。

次の日からはゴールデンウィークだったので、私たちはあさってからキャンプへ行くことを計画していました。

私はたまたま今朝、車に毛布を積んだことを思い出し、駐車場まで戻りました。毛布を持ってそのままＩＣＵの家族控え室に入りましたが、真っ暗な部屋の中では時計の秒針の音だけが響いていました。

コチコチ…、コチコチコチコチ…。

ソファーの上で横になっても、目を閉じたら、二人の生活や楽しかったことがいっぱい浮かんできて、とても眠れませんでした。

「もしかしたら、これは夢かもしれない」

私は自分のほっぺをつねってみました。

――痛かった。

もう一度、つねってみました。

――やっぱり痛い。

――悔しいことに、何度つねっても痛いのです。

私は控え室から暗い廊下に出て、一人毛布にまるまり泣いていました。

不安で不安でしょうがなくて、涙が次から次へとあふれ出てくるのです。

私たち普通に生活をしていただけで、何も悪いことしていないのに――。

どうしてこんなことになってしまったの？

何でウチの人なの？

私たちこれからどうなってしまうの？

私の左薬指には、まだ新しい結婚指輪が輝いていました。

真実

太陽がのぼり、暗かった廊下に日が差し始めました。夫はどうにか峠を越えることができたのです。

私はＩＣＵの扉の前に立ち、外からベットで寝ている夫をそっと見ていました。

（これから私たちはどうなってしまうのだろう）そんな言葉を私は胸の中で繰り返しつぶやいていました。

そんな姿にＩＣＵの医師が気付き、

「中に入ってもらっていいですよ」

と声を掛けてくれました。

「おはよう」

　夫は明るい顔をしていました。

「あぁ、キャンプ楽しみにしていたのに行けなくなっちゃったな。ごめん。退院したらまた行こうな」

　と、いつもの調子でした。

「あのよし、オマエに聞きたいことがあるんだけど。何か、変なんだよな。……足が動かないみたいなんだけど、どうしてだろう」

「……」

　何て言えばいいのかわからず、言葉が出てきませんでした。

「……今だけだよな？」

　私の動揺した顔つきに、夫は敏感に気付きました。

「ウソは言うなよ。わかってるだろう、この前、オマエに言ったよな。オレが、もしガンとか治らない病気になったら、はっきり言ってくれって」

　始めからこうなる道が、できていたのでしょうか。

　偶然にも私たちは、一週間前にそんな話をしていました。

今、ウソを言ってこの場は逃げれたとしても、このままウソを言い通すなんて無理。いつかは必ずわかってしまうこと。

私は心を決め、夫に告げることにしました。

「今、動かない足が明日、突然動き出すと思う？　自分の足なんだから、自分が一番よくわかるでしょ」

夫の顔から表情が消えました。

「……わかった。本当のことを言ってくれてありがとう」

「命があっただけでも良かったんだよ！　これからのことは大丈夫、私がいるでしょ。ずっと支えていくから大丈夫」

私は夫の手を握り、泣きながら言いました。

翌日、夫と義父母・義妹・私に医師から話がありました。

「状態は安定してきていますので、明日にでも整形外科病棟へ転棟する予定です。左鎖骨と左上腕骨、もちろん脊椎も手術になると思います。で、将来的なことなんですけど……、脊椎は……、破裂していますし……、マヒも続いている状況なので、脊髄は完全にやられていると思います。将来、歩ける見込みは、ほとんどないと思います」

バタン！

お義母さんが突然倒れました。

前回、いっしょに説明を受けていたので、ショックは少ないと思っていたのですが、三十年近く育てた息子が、突然歩けなくなるというこの現実は、私には想像もつかないほど大きかったのでしょう。

「ストレッチャー持ってきてー」

看護婦たちが急いでお義母さんを寝かせます。

もともと高血圧症のお義母さんは、ショックのあまり血圧が上がり倒れてしまったのです。

「だから、聞かせたくなかったんだ！　オフクロが歩けないって聞いたら、きっとびっくりして、また、倒れてしまうと思ったから。オレの目の前にあったものが、次々に壊れていく」

夫は大声を出し、半狂乱状態になっていました。

私はそんな夫やお義母さんを見ていて、この現実が怖くてたまりませんでした。

（お義母さんまで、どうにかなったらどうしよう）

幸せな結婚生活を夢見ていた私にとって、この現実は「夢であって欲しい」こと以外、何物でもありませんでした。

お義母さんはしばらく横になり、安静にしていると徐々に血圧は安定し、運良く脳梗塞の再発やマヒがひどくなることはありませんでした。

ＩＣＵでは重症の患者ばかりが入院しているので、その状態からも、朝昼夕の各一時間しか面会できないことになっていました。

私にとっても、この現実は辛いことでしたが、足が動かなくなった夫の方がもっと辛いのではないだろうか。そう思うと、面会時間が終わり、夫は一人になると何を考えているのだろう？　と考えていました。

私はこの現実が、一番つらい本人に何もしてあげれないことを苦しく思いました。

この日から、私は少しでも夫の支えになればと思い、自分の気持ちをノートに書き、夫に渡すようになりました。

一九九九年五月一日　　睦美→芳行

私がいるから大丈夫。一人じゃないよ。二人でがんばろうよ。
悲しいこと、苦しいことが、たくさんあったとしても、その先には、きっと楽しいことや、うれしいことがいっぱいあるよ。だから、がんばって。

一九九九年五月三日　　睦美→芳行

去年の今ごろは、何をやっていたのだろうと思って、自分の日記を開いてみた。

一九九八年五月十一日　　睦美の日記
私は子宮ガン検診でひっかかって病院から電話がかかってきた。
あのとき私は、「いつか、ガンになってしまうんだ。まだ結婚もしていないし、子供も作れないかもしれない……」
私はどうしようもないぐらい、生きてくことがイヤになった。
でも、よしクンは
「オレは子供を作るために結婚をするわけじゃない。冷たいかもしれないけど、もし悪いものだったら、取っちゃえばいい。オレはオマエが子供を産めない体だとしても、ちゃんと結婚するから、大丈夫だよ」

って言ってくれたの。覚えてる？

私はとってもうれしかったし、救われた気持ちになった。

今度は、私がよしクンを救う番だと思う。

一九九九年五月七日　睦美→芳行

「先週のこの時間は……」って、考えてしまいます。ほんと、生きててくれてうれしかった。こんなことで命を落としたら、もったいないぞ。

よしクンはもっと大きいことをしてくれる人だと思う。そんな不思議なパワーを持っている人だと思う。だから、神様もそう簡単には天国に行かせてくれなかったんだろうな。これからも、よしクンの持っている力を生かしてがんばってね。

ずっと私はいっしょにいるから――。


夫には一人で苦しんで欲しくなかったから「一人でがんばらなくても、私もいるよ。いっしょにがんばろう」と書き、日記を渡していました。

でも、本当は私が私自身に書いていたのだと思います。

一人ぽっちの生活

出勤前に「行ってきます」と夫に手を振ると、出社時間が迫っているというのに、いっこうに慌てる気配のない夫からは、のんびりとした口調で「いってらっしゃい」と言葉が返ってきました。

この日から、夫はこの家に帰ってくることはありませんでした。

そして、この日から私の一人暮しが始まったのです。

病院で夫と会ったばかりなのに、家に帰ると、いないはずの夫が、いるような気がしました。

当たり前なのですが、ドアを開けると真っ暗で「いるわけないか」と独り言を言っていました。

だれもいない、だれも帰ってこない我家にいると、現実を目の前に叩きつけられているような感じがして、逃げ場がありませんでした。

ふと、風呂場に目を向けると、その日、夫に風呂掃除をしてもらおうと、わざわざ目に付くところに置いた浴室用洗剤が「ポツン」と立っていました。

「今日もオレの番か?」とブツブツ言いながら、風呂掃除をしてくれた夫の姿が思い浮かびました。

一九九九年五月二日　睦美→芳行

きのうはよく眠れましたか?

寝る時も、目が覚めた時も、いつもとなりにいた人がいないというのは、さみしいですね――。

一人になってしまったと実感……。

しかし、まだ一日しかたっていないんだ。まだまだ先は長い。これからだ。

「私もがんばらなくちゃ」って思う。

よしクンも病院で一人なんだもんね。

私だけが一人でさみしい思いをしているんじゃないと思うと……、負けないゾ。がんばろう!


夫に渡す日記には、そう書いたものの、本当は夫が入院してから、家に帰るのがイヤでした。

一人っきりの生活に、一人っきりの食事。普通の新婚さんには、あり得ないような寂しい夜を、何度も送ることになってしまったからです。

その中でも寝るときは、特に寂しさが増しました。二人でいっしょに寝ていたセミダブルのベッドは、夫が入院してからも、いつも半分スペースを空けていました。夫の匂いのする枕を横に置いて寝ると、夫が隣にいるような気がして、安心して眠ることができました。

両親の反対

両親には救急隊から事故の連絡をもらった時に、すでに夫の状態を伝えていました。

その知らせを聞き、両親もよほどびっくりしたのでしょう。事故の翌日、入院に必要な物を取りに帰宅すると家に来ていました。

私は医師から脊髄損傷と聞いてから、すでに頭の中はグチャグチャになっていました。

しかも、私は看護婦なので、脊髄損傷によってどれだけ大きな後遺症が残るのかわかっていました。

これからのことがわかってしまう辛さ――。

知っているがゆえに、大きな大きな不安が一度に私の上にのしかかってきて、潰れてしまいそうでした。

そんな心境の私に父が夫の容体を聞いてきました。

「脊髄をケガしちゃったから、もう歩けないだろうって。一生車いすだって。どうすればいいんだろう？　脊髄損傷だから自分でトイレもできないし、車いすで会社に行けれるかどうかもわからない。この家にも、もう帰ってこれないから、どこか別に住む所を探さないといけない……。もう、どうしていいのかわからないの!!」

パニックになっていた私は、こんなことを両親が聞いたら心配することも考えず、自分が抱えている不安を全てぶつけてしまったのです。

私の狼狽した姿を見て父は
「そんなに大変な体になってしまって、これからどうやって生活していくんだ。お前たちは結婚して、まだ七ヶ月しか経っていないし、運が良かったことに、子供もいないんだぞ。いっしょにいることはないだろう。別れて家に帰ってこい！」

親として、これだけのことを聞いて「離婚」という言葉を口にするのは、当然だったのかもしれません。しかし、その時の私は「離婚」なんて考えてもいなかったし、父の気持ちを理解することもできませんでした。

そんな離婚を言い張る父とは、以来、電話でもケンカばかりでした。

「どうしてこうなったからって離婚なの？　こういう時だからこそ、私が力になってあげないといけないんじゃないの？　目の前に大きな問題が現れる度に逃げていたら、一つも前に進んでいかない。二人で支え合って、大きな問題を乗り越えることができたら、今まで以上にきっと良い関係が築けると思うの。それが夫婦なんでしょ」

「オマエの言っていることは理想だ。もっと現実を見ろ！　この人といっしょに生きていくことが不幸だとわかっているのに、どうしてそっちへ行こうとする」

「不幸？　それは歩けないから？　どうして歩けない人といっしょにいることが不幸なの？　じゃあ、歩ける夫婦で、どれだけの人たちが幸せを感じて生きてるの？

これは私の人生なの。幸せか不幸せかは、私が決めることで、お父さんが決めることじゃない！」

「勝手にしろ！　どうなっても知らんぞ！」

この電話を最後に父と顔を合わせることはありませんでした。

母は私を心配して父に隠れてよく電話をくれましたが、「どこに電話してるんだ」といつも電話口の向こうから父の怒鳴り声が聞こえてきました。

家族がバラバラになり、父と私の間にいる母は「どうしたらいいのかわからない……」と電話口でよく泣いていました。

そんな母の声を聞くたび、父が言うように離婚して家に帰ったほうが両親も安心できたのではないか？

両親をこんなに悲しませ、苦しませてまで、自分の意志を貫いて良かったのだろうか？

いつも自分の選んだ道は本当に良かったのか不安でした。

部屋に飾ってある、結婚式に母が作ってくれたブーケを見るたび、心が痛みました。

大手術

事故から三日目、夫は整形外科病棟に移りました。

事故の衝撃で肋骨が折れ、その肋骨が肺に刺さっているため夫は血胸をおこしていました。

手術は、肺の状態がもう少し落ち着いてからの方が良いとのことで、すぐにという訳にはいきませんでした。

しばらく左手はシーネ（添え木）で固定され、包帯でグルグル巻き、脊椎は折れたままの状態という日が続くことになりました。

脊椎骨折部位の安定を保つためにも、仰向けを強いられ、たまに体を横に向かせる時は、必ず医師と看護婦が数名で声を掛け合い向かせていました。そうしないと、脊椎は折れてグラグラの状態なので、かろうじて繋がっている神経にも傷がついてしまうからです。

一日一回、背中の清拭（体を拭くこと）や褥瘡《じょくそう》のチェックをするため、体を横に向けられるのですが、医師や看護婦が支えながら手早く行ってくれても、脊椎が折れたままの夫にとってはまさに地獄のようでした。あまりの痛さでいつも冷汗をべッショリかいているのです。それはせっかく清拭をしてもらってもあまり意味がないのではないかと思う程でした。夫はそれほど強烈な痛みに毎日耐えていたのです。

しかし、この地獄の清拭ともやっとお別れの時がきました。手術の日程が決まったのです。

夫は今までに大きな病気一つしたことがなく、もちろん手術を受けるのも今回が初めてでした。

そんな夫は日程が決まってからも、手術に対してかなり渋っていました。

「手術をして脊椎をしっかり固定してもらえば、あの清拭の時の痛みがなくなるよ」

と言うと、やはりあの強烈な痛みと離れたいのでしょう。徐々に気持ちは固まっていきました。

夫はあちこちケガをしていたので、何度も手術を受けるか、一度で全ての手術を受けるかの、どちらかを決めなければいけませんでした。

そして二人で話し合い、何度も痛い思いをするのもイヤなので、一度で全ての手術を受けることに決めました。

夫の受ける手術の中で、脊椎の手術は骨移植（夫の場合は腰の骨を削り、破裂した脊椎部へ移植した）と脊椎を金具で固定する手術を予定していました。鎖骨は、これからのリハビリのことを考え、金具でしっかり固定してもらい、左上腕骨は肩から一本、棒の形をした金具を入れ固定し、さらに肺の手術も予定していました。

これだけの部位を一回で手術しようと思うと十時間ぐらい予定しなければならないというまさに大手術になってしまいました。

執刀してくれるのは、主治医の佐藤公治先生という、特に脊椎を専門としている有名な先生でした。それに付け加え、夫が救急車で運ばれて来た時には、ゴールデンウィークで休暇中にもかかわらず飛んで来てくれたり、入院中も病室まで毎日足を運んでくれたりと患者思いの頼りになる先生でした。

そんな頼もしい先生でしたので、私たちも安心して手術をお任せすることができました。

一九九九年五月十一日　睦美→芳行

これから、手術をして少しの間、痛いのやら苦しいのやらで大変だけど、「良くなるための手術」だからがんばってほしい。
これからは寝たきりじゃないよ。座ったり、車いすに乗ったり、徐々に動けるようになるよ。
手術中、ずっとお祈りしてるね。ガンバレ、ガンバレって。

〔事故から十二日目〕
五月十二日、手術の日を迎えました。
夫は朝から緊張した顔つきで
「やっぱり、怖い……」
と私だけにボソッと本音をもらしました。私は夫の手を握り「大丈夫、大丈夫」

と何度も言い、気持ちを落ち着かせようとしましたが……、夫の手はいつまでも震えていました。

麻酔科の先生の指示で、手術一時間ほど前から鎮静剤の投与が始まりました。夫はその薬のおかげで、徐々に落ち着いていき、手術室へ向かう時にはすでに熟睡状態になっていました。

人一倍心配性で神経が繊細な夫にとっては救いの「鎮静剤」になったようです。

十三時三十分　夫は手術室へ入室しました。

私は病室で手術が無事終わることを祈りながら、夫を待つことにしました。

三十分、一時間……、時間が経つのがものすごく遅く感じ、テレビをつけたり雑誌を見たりしても、少しも気分が落ち着きませんでした。

そんな時、母が来ました。

「もっと、早く来てあげようと思ったんだけど、遅くなってごめんね」

もちろん父には内緒で母は、病院までかけつけてくれたのでした。

「お母さん……、ありがとう」

本当にうれしく思いました。

それから、母と手術室の前に行ってみたり、控え室に行ってみたりと二人とも落ち着きませんでしたが、母がいることで精神的に心強く感じました。

日も沈み、外はすでに暗くなり、時計の針は十九時を指していました。予定時間は、十時間と言われていたので、手術はまだ終わらないとわかっているのですが、手術室の扉が開くたび、夫が出て来たんじゃないか？　とそわそわし、手術室の前から、離れることができませんでした。

二十一時過ぎ、主治医の佐藤先生が手術室から出てきました。先生のメガネには夫の血液があちらこちらに飛んでいて大変な手術だったことが想像できました。

「背中を開いたら、かなりの損傷でした。我々がＭＲＩ（磁気共鳴画像化装置）やＣＴから想像していた以上にひどい状態で、本当によく助かったなぁという感じでした。手術に入っていた他の医師も『よく生きていましたね』っていうほどでしたよ。初めに言っていました肋骨はやはり、何本か折れて肺に刺さっていましたしね。当初輸血は予定していませんでしたが、そのぐらいひどい状態だったので出血も二〇〇〇㎖ほど出まして、急遽輸血を開始しました。もともと、血胸を起こしていたので肺の方のリスクは高く、これだけの出血もあったので肺水腫（肺に水が溜まること）を併発しまして、術後は全身管理を重点的に行うために、ＩＣＵへ戻る予定です。手術は胸椎の手術が終わって、今鎖骨と左上腕骨の手術が始まったところですので、もう少し時間が掛かると思います。胸椎のチーム、左上腕のチームと各チームに分かれ、整形の医師がみんなで力を合わせて手術をしていますので、もう少しお待ち下さい」

「本当にありがとうございました」

佐藤先生には感謝の気持ちでいっぱいでした。

あの事故で夫の命が助かったことは、先生が「よく生きてた」というぐらい、本当に奇跡的なことだったのでしょう。

二十二時三十分過ぎ、やっと夫の手術が終わりました。

夫が何人もの看護婦と医師に囲まれて手術室から出てきました。

夫の両手足、首からも点滴が入れられ、左胸からは真っ赤な血液が流れ出ている太い管が見え隠れしていました。おまけに肺水腫を併発したこともあり、気道に挿管チューブが入れられたままで、人工呼吸もされていました。

母は

「あんなひどい姿、見れない。怖い」

　と思わず目を背けました。

　そんな管だらけのひどい姿を見れば、目を背けたくなるのも無理がないことでした。夫はそのままＩＣＵへ入りました。

　佐藤先生からレントゲンを見ながら、手術や状態について説明を聞いた後、術後、初めて夫と顔を合わせることができました。

　私はベッドへ近づき夫に触れようと手を伸ばしました。

　手術の体位や今の状態からも夫の顔はむくみ、まぶたは腫れ上がっていました。手術室へ送り出した時とはあまりにも違う夫の顔にびっくりしてしまい、私は一瞬、その手を引いてしまいました。

　そおっと手を握り
「わかる？」

　と声を掛けると、医師からは「薬を使って眠らせています」と説明を受けていましたが、不思議なことに夫は私の言葉に反応し、うなずいたのです。

「よくガンバったね」

と言うと、夫は再びうなずき、涙を流していました。

一九九九年五月十三日　睦美→芳行

きのうは手術おつかれさまでした。九時間もの大手術、よくガンバったね。手術中、佐藤先生が手術室から出てきて説明をしてくれました。「よく生きてたね」って言ってたよ。奇跡だよ、ほんと。

手術が終わってから、私とお話したの覚えてる？　私ってわかった？「よくガンバったね」って言ったら、うなずいて涙流してた。

今は口の中にチューブが入ってるし、たくさんの傷もいたいだろうし、苦しいことばっかりだけど、ガンバって。一つ一つ取れていくからしばらくガンバリましょう。


翌日の昼。

やっと面会時間になり、私はＩＣＵの中へ入りました。

夫はまだ、人工呼吸器に繋がれたままでしたが、意識はしっかりしていました。

口にチューブが入れられたままで言葉が話せないため、看護婦に用事がある時は鈴を鳴らすように言われ、手には鈴を握っていました。

「こんにちは。どう？　痛くない？」

夫は軽くうなずき、自分の方へ私の手を引き寄せました。右手でゆっくりと私の手の甲へ指文字を書き始めました。

(だ・ま・さ・れ・た)

「だまされた？　だれに？」

私を指す。

「私？　私が何を騙したの？」

(し・ゆ・じ……)

自分の気持ちを伝えようと何度も何度も指文字を書いてくれたのですが、私にはその先の言葉が理解できませんでした。

「ごめん。何が言いたいのかわからない。ごめん。わかってあげれないよ——」

夫は苛立ち、持っていた鈴を私にぶつけてきました。一生懸命自分の気持ちを伝えようとしているのに、理解してあげれない自分がとても悔しく思いました。

(し・ゆ・じ・ゆ・つ)

「手術？」

私がやっとわかると夫はうれしそうに何度もうなずいていました。

（おまえ、いちどにしたら、いたくないっていった、だ・ま・さ・れ・た）

あれだけ大きい手術を乗りきって初めて言った言葉がこの言葉なんて、なんだか笑えてきました。

「手術をしたんだから痛くないわけないよ。私が言ったのは何度も痛い思いをしなくてもいいよって言ったの」

すると、すごい目つきで私をにらんできました。

一九九九年五月十四日　睦美↓芳行

口の中にチューブが入ってて苦しいよね。ガンバって自分で息をするんだよ。そうしたら、早く抜いてもらえるから。

ガンバって。いろんな管が一つ一つ抜けていくからね。

今はとっても痛いし、苦しいと思うけど、ガンバって。そんなことしか言えません。

オマエはガンバってって言ってるだけだからいいよ、オレの気持ちになってみろ！　なんて言われても仕方ないです。でも、こんなことしか言えません。

今が一番苦しいとき。

あとは良くなっていくから、ガンバレ。ガンバレ。

一九九九年五月十五日　睦美→芳行

きのうの夜は眠れましたか？　傷が痛くて眠れませんでしたか？

前は笑ったり体を動かすと痛かったのが、今は何もしなくても手術した所が「ズキズキ」痛いでしょう。

顔を見ても、とってもつらそうだし、かわいそうでかわいそうで……。

痛みは今日より明日、明日よりあさって……って、だんだん取れていくよ。

ドレーン〈術部の有害なもの〈分泌物、血液など〉を体の外へ誘導するもの〉も何日かしたら取れるから、もう少しの我慢だよ。ガンバって。

生きててくれてありがとう。

生きていればきっと良いことがあるよ。

だけど、一人で生きて行くよりも、二人で生きて行くほうが楽しいこともうれしいことも、もっといっぱいあると思うよ。

二人でガンバリましょう。ずっと、いっしょにいようね。

一九九九年五月十七日　睦美→芳行

今まで、あまりのキズの痛さでおしゃべりもできなかったのに、きのうは少しお話できたということは、キズの方は少し楽になりましたか？

今日はお水、飲めると良いね。

少しずつ良くなってきているみたいで安心しています。


「人工呼吸器で強制的に送られてくる酸素を徐々に減らし、自分の力だけで呼吸をして、血液中の酸素濃度が減らなければ呼吸器を外すことができます」

夫はその話を聞くと、さっそく、呼吸器に頼らず、自分の力で呼吸をし始め、術後三日目にはなんとか人工呼吸器を外すことができました。

しかし、三日間気道に挿管チューブが入ったままだったので、抜管（チューブを抜くこと）後はかすれかすれの声になってしまいました。いくら話をしてくれても音が響かないのですから、それは声というものではありませんでした。

「そのうち、普通に声が出るようになるよ」

私は少々のんびり構えていましたが、その声は一ヶ月近く続きました。

いくら日にち薬といっても少しも直らない声に私も心配になってきていました。

そして、もともとボーカリストの夫はそんな自分の声が許せないのと、いつまでたっても直らないというあせりで、日に日にイラだちが増してきました。

「オレから足を奪ったうえに、声まで奪うのか。ライブをやっても、マイクスタンドを持って立って歌うこともできない……。こんな声じゃ歌だって歌えないじゃないか!!」

ふと、私の脳裏にライブでスポットライトを体いっぱいに浴び、カッコ良く歌っている夫の姿が思い浮かびました。

歩けないと知ってからも、「車いすになってもライブはやるよ」そう言い続けていた夫にとって、声がどれだけ大事なものかわかっていたので、そんな姿を見ると、心が痛みました。

「神様、贅沢は言いません。声だけで良いから、早く元通りにしてあげて下さい。これ以上、夫からいろいろなものを奪わないで下さい」

毎日そう願っていました。

リハビリの始まり――現実――

夫の傷の状態は、日に日に良くなり、ドレーンや点滴は抜け、抜糸も終わりました。

もちろん夫自身も元気になってきました。

〔事故から二十二日目〕

一九九九年五月二十二日

この日から、ご飯がスタートになりました（といっても重湯ですが）。

回診後、佐藤先生と大勢の看護婦とで車いすに移してもらいました。

しかし、寝たままの状態が一ヶ月近く経っていたので、すぐにしっかりと座ることはできず、背もたれを倒し、乗せてもらいました。

車いすに乗り、一番初めに向かったのは売店でした。

冷たいアイスクリームを買い、さっそく二人で食べました。そおっと夫の口へアイスクリームを運ぶと

「あー、うまい。このアイスの味を忘れることはないだろうな」

とかすれ声で一言。なにしろ、手術の日から何にも食べていないのですから、それはおいしそうにパクパクと口にしていました。

しかし、二十分も座ったでしょうか……。

「痛い、腰が痛い」

と言い出し、そのままベッドへ移され、すぐにいつも通りの姿になってしまいました。

それもそのはずで、夫はずっと寝た状態が続いていたので、腹筋と背筋が衰えてしまっていました。そのため、上半身をうまく支えることができず、腰に負担が掛かり過ぎてしまい、長時間座ることができなかったのです。

まずは座ることのリハビリから始まりました。

一九九九年五月二十三日　睦美↓芳行

毎日少しずつ座っている時間を延ばしていこうね。これも立派なリハビリです。

でも、腰が痛いのは無理しないですぐに言ってください。

翌日も車いすに移してもらい、座るリハビリを行いました。やっと車いすに乗り、病室以外のところへ行けるので、気分転換＋リハビリも兼ねて散歩へ行くことにしました。

夫の顔は何日も食事を取っていなかったことと精神的なものとで、頬はやつれゲッソリしていました。

そんな姿の夫を車いすに乗せどこか行こうものなら、まるで見世物のようにジロジロと視線が集まりました。

こういうことなんだ。

車いすの人と生きていくということは、この視線に一生、いっしょに耐えなくてはいけないんだと思いました。

私にとっては毎日散歩へ行く＝視線との戦いでした。今までいくら仕事で患者さんを車いすに乗せ、どこかへ行っても視線のことは感じたことなんてありませんでした。

そう思った途端、私は今まで患者さんの気持ちなんて、きちんと考えてあげれていなかったのかもしれないと反省しました。

しかし夫は驚くほど普通でした。あれだけの視線を感じ、平然としている夫が強く見えました。

夫のリハビリはまず座ること、次は立つことへと進んでいったのですが、一言で立つリハビリといっても、まず初めは立っている姿勢を維持することのリハビリからでした。

リハビリ室では平らなベッドに寝かされ、体が倒れてこないように胸・腰・両膝をひもで固定され、徐々に頭側を上げていくのですが、その角度は日に日に大きくなっていきます。

　そういえば、三回目のリハビリの時に起立性低血圧を起こしてしまったことがありました。

　普通の人でも臥床《がしょう》状態が長くなると血管運動の機能が低下してしまい、すぐに起立しようと思っても、めまいやふらつきが起き、ひどいと失神することもあります。

　夫のように脊髄を損傷してしまうと血管の運動を調整している自律神経も障害され、姿勢の変化に血流がうまくついていけず、起立性低血圧になってしまうことがあるそうです。夫はこのことと長期臥床が続いていたことで、この起立性低血圧を起こしてしまったのでしょう。

　その日、私が病院に着くと顔を見るなり
「今日に限って何でオマエがいないんだって思った日はなかったぞ」

とその時の恐怖を話しはじめました。

「頭の中はどんどん白くなっていくし、助けを呼ぼうとしても声はかすれて出ないし、本当にあのまま死んでしまうんじゃないかと思った」

　夫にとってこの体験は立つ姿勢になることさえも、すんなりできないという現実を知ったときでもありました。

夫は自分で歩けないと知った時から、それを受け止め、なんとか自分自身を保ち続けてきましたが、私はリハビリが始まってからが問題だと思っていました。

実際に動かない足、思うようにならない左手、今まで当たり前のようにできていたことがある日突然できなくなるのです。

この現実を実感するのはリハビリが始まった時で、夫はそれを直視することができるのだろうか。

私はどうやって夫を支えていけば良いのだろう――。

正直なところ、リハビリが始まったとき、私の心は退院へ向けてワンステップ進んだといううれしさと同時に不安でいっぱいでした。そしてその不安は的中してしまいました。

二人で泣いた夜

一九九九年五月二十三日　睦美→芳行

早く自分で車いすがこげれるようになるといいね。あとは自分の努力次第で早く良くなるからね。今のがんばりは社会復帰も早めれるし、これからの日常生活にも関係してくるんだゾ。がんばれ。早く二人の生活が迎えれるようにがんばってください。

こんな私の気持ちが夫をますます焦らせていったのかもしれません。
初めは病室で行っていたリハビリも場所を変え、リハビリ室で行うようになりました。さらに日中はベッドからなるべく離れ、車いすに乗ったりと入院生活も変化してきました。

しかし、車いすに乗ることさえもまだまだ自力で行うなんて無理というのが現実で、いつも医師と数名の看護婦とで車いすに移してもらっていました。

足が使えないのですから、これからは両腕が足の代わりとしてしっかり働いてもらいたいのですが、夫は左腕を手術していました。今までずっと安静を強いられていたため、左手の関節は拘縮してしまい、ほとんど使い物にならなくなっていました。

さらに、一ヶ月近く臥床していたことで、腕の筋力が落ちてしまい、自分で車いすをこごうものなら、一メートル進むだけでも何分もかかってしまうという現状でした。

「あれだけしか寝てなかったのに、こんなこともできなくなるんだな。筋肉ってこんなに簡単に落ちちゃうものなんだ」

食事も自分で取りに行くことは当然無理で、上膳据膳なうえ、左手でお皿を口元まで上げることすらできないのです。

車いすに乗るにも、人の手を借りないと乗れない。

車いすもうまくこげない。

自分が思っているように体が動いてくれない。

夫の苛立ちは日に日に増し、やがて何かの糸が切れてしまったように無気力になり、悲観的な言葉を口にするようになっていきました。

「オマエが明日、病院に来たら、オレ……、いないかもしれない」

「えっ？　何で？」

「オレ、ここから飛び降りて死ぬから」

「何言ってるの。よしクンが死んだら、私はどうやって生きて行けばいいの？　死ぬなんて言ったらダメだよ」

歩くことができない夫が、窓から飛び降りるなんて現実的には無理だとわかっていても、本当に飛び降りて私の前からいなくなってしまいそうな感じがしました。

「情けなくてしょうがない。自分で何もできやしない」

夫の目からせきを切ったように涙がこぼれ出しました。

今まで涙ひとつ見せず、どうにか自分自身を保ち続けてきた夫が、私の目の前で泣いているのです。今まで夫は辛く苦しい現実を前にどうにか平然をよそおっていたのだとわかりました。

私はそっと夫を抱きしめました。

「焦らなくても大丈夫。何でもすぐにできるわけがないよ。ゆっくりやっていこうよ」

夫が私の胸の中で泣き崩れました。


今まで自由に動いていたものが突然動かなくなってしまう。

どれだけの苦しみ、悲しみなのだろう――。

そう思った途端、私の目からも涙がこぼれ落ちてきました。そして、気が済むまでいっしょに泣きました。

「……オマエの前では絶対に泣かないでいようと思ってたんだけど……、男が泣くなんてカッコ悪いよな」

「ぜんぜんカッコ悪くなんかないよ。泣きたいぐらい苦しいし、悲しいことなんだよ。泣いたって、ちっともカッコ悪くないよ」

私は帰りのバスの中で夫が結婚式で私にプレゼントしてくれた歌を思い出しました。

もしも　君が　泣きたい位に
傷つき　肩を落とす時には
誰よりも素敵な　笑顔を
探しに行こう
全てのことを　受け止めて行きたい
ずっと二人で
もしも　君が　さみしい時には
いつも　僕が　そばにいるから――

――ミスターチルドレン「抱きしめたい」――

今は私の番だ。
そう思いました。

二度目のプロポーズ

夫が車いすに乗れるようになってからは、毎日午後から外へ散歩に行き、夫といろいろな会話をしました。

夫婦で向き合ってゆっくり会話をするなんて、老後の暮らしが始まってからだろうと遠い未来のことのように思っていました。

何かを失うと何かを得るといいますが、この事故で私たちは幸せな新婚生活と引き換えに、夫婦の時間を得たのだと思います。なんとも皮肉なことですが、大切なことに気付かされた気がしました。

私たちは結婚してからも、それぞれ仕事を持っていたので、毎日が慌しく、それがまた充実した日々でもありました。といっても、夫婦の会話がまったくなかったわけではなく、休日には夫婦揃って買い物や旅行にも出かけていました。しかし、お互いに自分のことしか考えず生活を送っていたことも事実、少しあったと思います。

今までそんな毎日を振り返ったことなどなく、ただがむしゃらに仕事をして走り続けてきたような気がします。きっと振り返っている時間の余裕なんてなかったのでしょう。

一九九九年五月二十二日　睦美→芳行

私は自分のやりたいことや仕事に、とてもウエイトを置いて生活してきたような気がします。結婚してから「仕事と家事を両立しなくちゃ」っていう気持ちが強くて、毎日ゆとりのある生活なんて、できていなかった気がする。あれもこれもと全部を完璧にやろうと思うから、自分が疲れてしまう。そんな毎日に振り回されて夫婦の時間をあまり大切にしていなかった気がします。独身の時のように、自分だけの道を突っ走るのではなく、夫婦なんだから、二人の道を走らないといけなかったと反省しています。

まぁ、この事故があって、わかったことなんだけどね。

こうなってからわかっても、遅いと思われるかもしれないけど、私は早くわかって良かったと思っています。だって、これからまだまだ何十年もいっしょにいるんだからさ。

これからは、人のためにっていうか、よしクンのために生きていこうって思います。

これからもよろしくね。


私はあの事故から仕事を休み、ずっと夫に付いていたのですが、夫は自分のせいで私が看護婦という仕事をできなくなってしまったこと、両親との関係が気まずくなってしまったことに責任を感じていました。

毎日いっしょにいると、私に対して申し訳ないという気持ちが痛いほど伝わってくるのです。夫には私に遠慮して生きていって欲しくありませんでした。そんな気持ちのまま、生活を始めても夫婦の関係はギクシャクしたものになってしまうし、私といっしょに生きていくことが夫にとって負担になってしまいます。

それならいっそのこと、このまま離婚した方が良いのではないかとまで考えるようになっていました。

その日も散歩に行き、外の気持ち良い風に当たっていました。

「……離婚とか、考えたことある？」

唐突な質問に夫は一瞬言葉に詰まりました。

「離婚……したいの？　オマエがしたいなら……、いいよ別れるよ……」

「……いいの？　私がいいなら離婚するの？」

「オマエの人生だから……。オレにはこんなこと言う資格はないかもしれないけど、オレは……オマエといっしょにいたいと思っている」

「じゃぁ、一つ約束があるの。これからは自分のせいで、こういうふうになったとか私に対して申し訳ないとか思わないこと。私もこれからよしクンのせいで自分の人生がクシャクシャになっただとか、そういうことは思わないから。これ絶対、約束ね」

「苦労ばっかりだろうな……」

「苦労なんて私たちが感じるものだよ。人が私たちを見て、大変だね、不幸だねって言っても私たちが、そう思わなかったら幸せなんだよ」

「これから楽しいことも、少ないかもしれない」

「何言ってるの。普通の人がうれしかったり、楽しかったりすることが、私たちにはものすごくうれしかったり、ものすごく楽しかったり感じれると思うよ」

夫は静かに何度もうなずいていました。

「オレは……、オレの一生をかけてオマエを幸せにするよ」

私は一生のうち、同じ人に二度プロポーズをされました。

私の退職

〔事故から二十七日目〕

一九九九年五月二十七日、私は退職をしました。

これまで、無理を言ってどうにか休職させてもらっていたのですが、夫の退院の目処が、まったく立たなかったからです。しかし、一番の理由は、あれだけ落胆している夫を一人にしておくことは妻としていや、一人の人間としてできなかったからでした。

夫の手術が終わって、

少し落ち着いたら職場に復帰しよう――。

リハビリが始まったら復帰しよう――。


節目節目にそう考えていたのですが、事が運ぶごとに夫の落胆は増していました。

それに私は、四月に職場を変わったばかりでした。

毎日猫の手も借りたいほど忙しい職場で、宙ぶらりん状態のいつ復帰できるかわからない私を、スタッフの一人として名前を残しておくことは、他のスタッフにも迷惑ではないかと思っていました。

これ以上、無理は言えません。

そして私は思い切って退職することを決めました。

職場の近藤婦長さんには、四月に入社した時から退職するまで非常に短い間でしたが、とてもお世話になりました。

あの事故の二日後――。

私は事故の報告のため、職場を訪れました。

ゴールデンウィークの最中、近藤婦長さんはスタッフたちと休日出勤をしていました。

ドアを開け「婦長さん、みえますか?」と声を掛けると、奥から小走りで近寄り、やさしく声を掛けてくれました。

その声に私の緊張の糸は「プツン」と切れ、

「主人が……、交通事故で……」

と泣き崩れてしまいました。

婦長さんは私をやさしく抱き寄せ、いっしょに涙を流してくれました。

「大丈夫よ。大丈夫よ」

と何度も何度も言い、そんな婦長さんの言葉が私の心に染み渡っていきました。

事故に遭ってから夫や両親の前で絶対泣いてはいけないとガマンしていた私はこの時、初めて大泣きをしました。

両親が離婚を勧めてきた時も、近藤婦長さんに相談すると、私の手を握りこう言いました。

「私はガンバってほしいな。でも、私は第三者だから、そんなことが言えるのかもしれない。もし、うちの娘の夫がこうなってしまったら……、どうだろう……、鎌形さんのご両親と同じ事を言うかもしれない――。ご両親だって、二人でガンバっている姿や幸せに生活している姿を見たらきっといつかわかってくれると思うよ」

私たち二人の選んだ道を否定するのではなく、後押ししてくれたことを心強く感じ、また、うれしく思いました。

それと同時に――父が決して冷たいわけではなく、私のことを一番に考えてくれているからこそ、あんなことを言ったのだとわかりました。

婦長さんはそんな私たち夫婦を心配し、何度もお見舞いに病院まで足を運んでくれました。

「鎌形さんはどうしても……、個人的にも放っておけないのよ。うちの主人、鎌形さんの旦那さんと同じように医療関係の仕事に就いてたの。そして……、同じぐらいの歳に病気で亡くなったの。こうしてお見舞いに来て、鎌形さんの旦那さんがベッドで寝てたり、暗い顔をしているのを見ると、うちの主人とダブって見えちゃってね……。あの頃を思い出しちゃうのよ。だから本当に、二人にはガンバって欲しいと思う」

いつも婦長さんの掛けてくれるあったかい言葉は私たちを勇気付け、安心感を与えてくれて――心が落ち着きました。
そんな人一倍あたたかい婦長さんだったので、私が退職を決めた時も
「病院としては惜しいけど……、そうね、旦那さんに付いていてあげなさい。仕事なんか、落ち着いたらまたやれるんだから」
最後まで私たち二人を応援してくれました。

交換日記

夜、いつものように日記を開くと、夫の文字が飛び込んできました。
自分で座ることもままならない夫が、私に日記を書いてくれたのです。

一九九九年五月二十七日　芳行→睦美

目の前に叩きつけられた現実に、思わず目を背けたくなる。
ウソだ、これは夢だ。
何度も、そう願った。
しかし、どうやらこれが現実らしい。

動かない両足、不自由な左手、皮膚の所々の感覚がない。様々な今後の不安。カミさんから様々なものを奪い、その代わりに苦しみを与えてしまった。いろいろなことが頭の中を駆け巡る。

最初は生きていて本当に良かったと思ったが、時間が過ぎるにつれ、今後のことを考える度に、生きていなかった方が良かったのかもしれないと思う。

出会ってから、二年が経とうとしている。

楽しかった色あせない様々なオマエとの思い出が、懐かしくもあり哀しくもあり、複雑な想いである。オレは残された時間で、どれだけオマエに喜びを与えることができるのだろうか。

石垣島の砂浜をがむしゃらに走ってみたかった。ジェットコースターにも、もっと乗りたかった。やりたかったことばかりだ。

数え切れない程の悲しみや不安を与えてしまい、本当に申し訳なく思っている。

もっと、こうしておけば良かったといろいろ思ったりもするが、どれも過去であり、どうすることもできない。

こんなどうしようもないオレを拾ってくれて、とても感謝している。

「ありがとう」そして、

「ごめんなさい」

一九九九年五月二十七日　睦美→芳行

きのうの夜、日記を読みました。読んでいると胸の中が「ジーン」として泣けてきました。私の方こそ、ありがとう……、生きててくれてありがとう。

私はこれからも陰ながら応援するしかありません。焦らないで、ゆっくりやっていきましょう。


この日から、私一人の日記ではなく、二人の日記になりました。

一九九九年五月二十八日　芳行→睦美

最近、思うことがある。

体がこんなふうに不自由になることがわかっていたら、休みの日にもっといろいろな所へ遊びに行っておくべきだった。しかし、いまさら何をどう思おうと後の祭だ。

これからオレはオマエとの笑顔のともしびを消さないようにガンバっていきたい。

左足の腫れはひかないし、熱が出てしまったのでしばらく点滴をしなくてはならなくなった。「クソッたれ」だ。

病人にも休みが欲しい。たとえば、土・日は体が自由になり、好きなことができて、月曜日にはまた病人に戻るといったように……。

とりあえず、何とかならんのか、この声は！　自分で出していても聞いていてもイライラする。

一九九九年五月二十八日　睦美→芳行

声は少しずつ出てきているから、そんなにあせらないでゆっくり治してください。私は早くよしクンが「退院してこないかなぁ」それればかり考えてしまいます。

一人っきりの生活はやっぱりどうも慣れません。早く二人でいっしょに住みたいです。

こう「早く、早く」と私が言っているので、よしクンもあせっちゃうのかなぁ。ごめんね。病院ででもいいから、いっしょにいるときが一番幸せです。

人間って不思議なものです。少しでも離れていると不安になったり、いっしょにいたくてたまらなくなったり――。弱いですね――。

一九九九年五月三十日　芳行↓睦美

手を伸ばしても、欲しいものが手に届かない。自由になるのは右手だけ。精神的にまいってきた。

今一番やりたいこと。

昔のように、笑いまくって抱き合って三日間ぐっすり眠りたい。そして朝、だれにもジャマされることなく起きて、アイスコーヒーとタバコを口に含む。そんな生活をしたい――。

当たり前だと思っていたことが、当たり前にそこにあった時、何も感じなかったことが多かった。

突然、音も立てずにその当たり前が失われた時にいろいろ感じるようになる。

一九九九年六月一日　芳行↓睦美

入院すると、本人はもちろんのこと、周りの人も大変だ。オマエも、毎日毎日大変だろうなと思う。どれだけ大変かは申し訳ないがわからない。それでも毎日笑顔で病院にやってくる。一日中、病人の世話をして、それから家に帰って家事…。毎日毎日、「ありがとう」という言葉だけではすまないような気がする。

オレはときどき感情のコントロールができなくなり、かなりヒステリーになったり、呼吸がしにくくなり、涙が出てきたり……、そして周りに当たってしまう。
　ごめんな。

一九九九年六月一日　　睦美→芳行

　楽しそうな会話をしているカップルや、幸せそうな家族を見ていると、悲しくなります。普通の暮らしが一番の幸せでした。当たり前の毎日が一番でした。早くそんな生活が迎えられるように二人でがんばろう。

一九九九年六月五日　　芳行→睦美

　オマエと付き合うようになってから、「ひまわり」が好きになった。それはオマエがどことなく「ひまわり」に似ているからだと思う。いつも太陽に向かって元気良く、のびのびと咲いていてくれ。

一九九九年六月七日　　芳行→睦美

　オマエはオレと結婚して本当に良かったのだろうか？　この出口のない問題

の答えをいつも考えているような気がする。考えれば考えるほど今までのことを思い出し、切なく悲しくなってくる。もう昔のようにはいかない。わかっているような気がするのだが、理解に苦しむ。

やはり、オマエとの出来事は楽し過ぎたのだと思う。

何もなくても、ただ二人でそこに座って話をするだけで楽しかった。

今まではただがむしゃらに走ってきたが、最近は自分のためだけでなく、オマエのためにも生きようと思う。

これから二人で大声張り上げて笑っていこう。そしてくたばる時には他の人間より一回でも多く笑ってやろうぜ。

やっぱり、二人が良い。

やっぱり、笑顔が良いよな。

一九九九年六月八日　睦美→芳行

二人でがんばって幸せな家庭を築きましょう。

私たちがこれから笑いながら楽しく生活していくことが、両親にとって一番の安心だと思う。早く両親たちをびっくりさせてやろうよ。

私たちは十分幸せなんだよって。

一九九九年六月九日　睦美→芳行

毎日毎日、がんばって日記書いてくれてありがとう。

読んでいるといつも感動して胸が「ジーン」とします。

日記を読むと「さぁ、がんばろう」っていう気持ちになる。ビタミン剤よりも効きそう。

一九九九年六月十二日　芳行→睦美

オレはこの日記とオマエの看護のお陰で、毎日元気を保てている。今後ともよろしくたのむな。でも、あまり無理はしないように。

オレはもう少し肩を並べて話をしながら歩きたかった。これからはやはり、目線の高さが違う。

オレにとっては、大きな問題だ。

一九九九年六月十三日　睦美→芳行

きのうはどうしちゃったの？　少し感情が不安定なのかな。怒ったと思ったら泣いたり、泣いたと思ったら笑ったり……。

私の前では無理しないで泣きたいときは泣けばいいよ。でも、泣いてばかりではダメだよ。そんなに泣いていたら、これから感動したり喜んだりした時に流す涙がなくなっちゃうゾ。

一九九九年六月十四日　芳行→睦美

毎日オマエの顔を見ると、「ホッ」っとする気持ちになる。オマエの毎日の看護があっての今のオレだと思う。笑顔の量だって絶対違うと思うし、憂鬱感もぜんぜん違うと思う。でも、倒れないでくれよ。

一九九九年六月十七日　芳行→睦美

入院してからオレには「重り」が乗せられている。それはかなり重たい。オマエや周りの人間は「重り」をどこかに捨てろと言うが、神様とオレはその「重り」を下ろすことすら許さない。

あまりにもの重たさに時折、腰を下ろすと、大粒の涙が頬を伝う。

情けないやら申し訳ないやら腹が立つやら……、様々な想いが体中を駆け巡る。

そして落ち着きを取り戻すと、またトボトボと歩き出さなければならない。

繰り返し、繰り返し、繰り返し、その行為は続くであろう。

一度無くしかけた「いのち」を与えてもらった代わりに、一生その裁きを受けなければならない。

一九九九年六月二十三日　　芳行→睦美

きのうは友達が見舞いに来てくれた。

人と話をしていると、昔に戻ったような錯覚に陥る。

しかし、オレの体は昔のようには戻らない。友達が帰った後は少し複雑な気分になる。見舞いに来てくれた人に対して、元気に振舞っている部分は確かにある。

自分が弱っているところを人に見られたくない。

落ち込んでばかりいても、仕方がないと思って元気を装ってはいるが、正直言えば、あまり話しをしたくない時がほとんどだった。

一九九九年六月二十五日　　芳行→睦美

入院して二カ月が過ぎようとしている。

オマエ自身いろいろ大変だと思う。ありがとう。

それから、寂しい想いをさせてごめんな。

一九九九年七月四日　芳行↓睦美

オレは普通に生まれ、普通に育ってきた。
そしてこれからもオマエと普通に生活がしたかった。
人生一度きりなのに、オレはもう一生歩くことができない。
今度生まれ変わったとしても、オマエとめぐり会って絶対に結婚したい。
そして今度は思う存分二人で走り回りたい。
こんなことを思っても、今を生きていくための気休めでしかないのかもしれない。
次は本当にあるのか？
オマエにもいろいろ迷惑をかけて、本当に申し訳なく思っている。
考えても仕方のないことは、考えないようにしようとは思っているが考えてしまう。
そして、どんどん落ち込んでいってしまう。
オレも早く、鏡の前で笑えるようになりたい。

一九九九年七月十四日　芳行↓睦美

これからどうなるんだろう。たまに考えると落ち込んでしまう。

様々な不安がいっぱいある。自分のこと・オマエのこと・仕事のこと・家のこと・家庭のこと・親のこと・体のこと、考えると「ゾッ」とする。

これからもオレの方を向いて、笑ってください。オレを闇のなかから救い出してくれ。時々、全てがイヤでイヤで、どうしようもなくなる。

一九九九年七月十六日　芳行→睦美

漠然とリハビリをがんばってはいるのだが、こうなってしまった自分の体を受け止めれない。認めたくない。

今後、歩くこともできないから、オレが思うようなライブができないので、ライブをやる気はあまりない。

リハビリを兼ねて歌うのは、情けない気がするから、そういう動機では歌わない。

左側の腹筋に力が入らないから、今までのように歌うのは難しいかもしれない。

一九九九年七月十六日　睦美→芳行

私はいつまでも、楽しそうにカッコよく歌を歌っているよしクンを見ていたいです。

車いすに乗って歌っていようが、声は出せるんだからがんばって歌ってほしい。

カッコ悪くなんて全然ないよ。

一九九九年七月十七日　芳行↓睦美

オマエの「さみしい」という一言を聞くと、とても胸が痛くなります。

前にオレは「ひとり」でも寂しくないと言ったが、一人暮しの「ひとり」と、結婚して二人暮らしの「ひとり」では意味が違い、オレでもオマエと立場が入れ替わり、家で一人で「ポツン」といると、寂しさに押し潰されそうになると思う。ただでさえ、寂しがり屋でテレ屋なオマエのことだから、かなり寂しいんだと思う。

ごめんな。

だからこそ、日記をがんばってたくさん書かなきゃって思う。


夫を支えようと書き始めた日記が、いつしか交換日記になり、私自身の支えにもなっていました。

病院での誕生日

私は六月三日、夫は六月六日に誕生日を迎えました。

私は「今年は我が家で一人っきりの寂しいバースデーになってしまうなぁ」と思っていました。それにきっとだれも私の誕生日をお祝いしてくれる人もいないだろうとあきらめていたのですが――、夫はしっかり私の誕生日のことを考えてくれていました。

「今日、車いすに移してもらったら、一階の喫茶店に行ってみる？」

なんとお茶に誘ってくれたのです。

外来の患者さんでごった返す店内に、車いすに乗った夫が入ると、すぐに注目の

的になりました。夫はそんなことを少しも気に留めていない様子で
「すみません、ケーキ置いてありますか？」

　私の誕生日を祝おうとケーキを注文してくれました。

「すみません、さっき売り切れてしまったんですけど」と店員。

「せっかく来たのに……、ごめんな」

　まるで自分が悪かったかのように謝ってきました。

「いいよ、別に。よしクンが悪いわけじゃないし、気持ちだけで十分だよ」

と言うと、気を取りなおし、

「二十七歳、誕生日おめでとう」

とアイスコーヒーで、カンパイをしました。

　私は夫が今の体の状態でできることを探し、喫茶店で誕生日を祝ってくれたことに、とても感激しました。

一九九九年六月四日　芳行→睦美

きのうは誕生日おめでとう。今こんな時だからこそ、何かしてあげたかったのだが、結局普段と何も変わらない一日になってしまった。

申し訳ない。

ケーキも売り切れだったし……。

来年の六月三日は今年の分も含めてガンバルよ。


夫がこうして、私の誕生日をお祝いしてくれたことを知らない友人たちは、夫の代わりに誕生日を祝おうとプレゼントや花束をたくさん持ってきてくれました。

夜、家に着くと郵便ポストには友人からのバースデーカードと、結婚前に勤めていた病院の主任さんとスタッフ達から留守番電話に『ムッちゃーん、おたんじょう日、おめでとー』とバースデーコールが入っていました。

私は思いがけないプレゼントに、うれしくて涙がこぼれました。

私にはこんなに誕生日を祝ってくれる人がついているのです。

そう思うと私はつくづく幸せ者だと感じました。

二十七歳の誕生日は我が家で一人っきりでも友人たちのお陰で、少しも寂しくありませんでした。みんな、ありがとう。


「よしクン、明日誕生日だけど、プレゼント何が良い？」

「前みたいな声が出るように、浅田飴のノド飴が欲しい」

一九九九年六月六日
「三十歳、お誕生日おめでとう」

「まさか三十歳という大きな節目を、病院で迎えるとは思ってもみなかったよ」

術後のことを思うと、夫の声は徐々に良くなっていましたが、まだ以前のような太くて大きい声には、戻っていませんでした。

「そんなにトローチばかりなめても効かないよ。リハビリをがんばってやってたら、腹筋がついてくるよ。そうしたら、また前みたいな声になるよ」

といっても、夫は不安なのでしょう、病院で出してもらったトローチを毎回あっという間になめつくしていました。もう、それでは足りず、浅田飴を誕生日のプレゼントとして挙げてきたのでした。

私は誕生日にこれからもたくさん日記を書いてもらおうと、「ピングー（ペンギン）」の付いたカワイイボールペンと、メッセージカードそして浅田飴もプレゼントしました。

そしてもう一つ大きな誕生日プレゼントとして、夫が入院してからずっと入りたがっていたシャワーに入ったのです。

一ヶ月以上ぶりのシャワーに夫は大感激で、浴室では子どものようにはしゃいでいました。

こんなに夫の笑った顔を見たのは久しぶりで、シャワー介助をしている私の方まで、うれしい気分になりました。

喫茶店に行ったり、シャワーに入ったり、そんな日常的な二人の誕生日でしたが、私たちはこの誕生日を一生忘れることはないと思います。

私の心のＳＯＳ

夫がこの病院に運ばれて来たとき、私には妻という自覚はあまりなかったというのが本当のところでした。

医師から「鎌形芳行さんの奥さんにお話がありますので、こちらに来ていただけますか?」と言われても、結婚してまだ七ヶ月の私は「奥さん」という言葉にピンとこず、まるで他人事のようにその場に立っていました。

そして「奥さん」「奥さん?」と何度も呼ばれ、やっと「あっ、私、奥さんだった」ということがよくあったのです。笑い話のようですが、その頃の私はそれほど妻の自覚なんてなかったのです。

私は日が経つにつれ、妻という責任の大きさを感じていました。それは夫の代わりに手続きをしなくてはいけない書類や、訳の分からない障害についての法律や制度の問題を全て一人で対処しなければならなかったからです。私の今までの人生の中で、困ったときや迷ったときはいつも誰かがそばで手を貸してくれていたように思います。

しかし、今は誰にもすがることはできません。父とはあれっきり顔を合わせることはなかったですし、母には余計な心配を掛けたくなかったからです。

警察や会社、病院など夫のことやこれからのことは、全て妻である私が一人で夫の代わりに動かなくてはいけなかったのです。どこへ行っても「奥さん、いいですか?」「奥さんが芳行さんの代わりに……」ばかりで、私は妻という責任の大きさを感じていました。

そんな私は不安やストレスをどこにも吐くところがなく、自分自身に溜め込んでいってしまいました。

そして次第に感情の起伏が激しくなっていったのです。

一九九九年六月四日　睦美→芳行

最近、私の心がバランスを崩してます。

今の自分がとってもイヤになったり……、今まで思ってもみなかったことを考えてみたり……、なんだか最近の私がとってもイヤ。自分ががんばらないとって思えば思うほど、どんどん自分が追いやられていく。

何故か急に泣けたり、どうしようもなく自分に腹が立ったり、どんどん自分がイヤな人になっていっているような気がして。

だれかに助けてもらいたい。

でも、だれにも言えない――。

そんな気持ちが私の心の中でグルグル回っています。

このままじゃ、私の心はどうなってしまうのだろうか。壊れたりしないかとっても心配です。

たすけて。

一九九九年六月四日　芳行→睦美

あまり、一人で考え込まないで、だれかに相談したり話をするだけでも少しは楽になると思うよ。

オレのカワイイ、カワイイ、少し頑固でヒステリックな大切なカミさんよ。壊れないでおくれ。

これから二人で作っていくものは、たくさんあります。

できるだけ見えないものも、形にして何とか相手に伝えて、いろいろなハードルを飛び越えていきましょう。

この二人なら、できるような気がする。

本当にいろいろ感謝してます。

二度目のプロポーズを受けた時、夫には「自分のせいでこういうふうになったとか、私に対して申し訳ないとか思わないこと。私もこれからよしクンのせいで、自分の人生がクシャクシャになっただとか、そういうことは思わないから」と二人で約束したはずなのに、私の心の中ではどこかで夫に対して「何てことをしてくれたんだ」という思いがあったのだと思います。

日々の会話の中で、夫が私に「ごめんな」と言う度、「謝らないの！」と言っていたものの、正直、心の中では謝ってもらっても、どうしようもないと思っていたのでしょう。

だから私は、自分が歩けないと知った夫に対して、時々ひどい言葉をぶつけていました。

私は落ち込んでいる夫に向かって、こんなことまで言ったことがありました。

「よしクンが自分で事故を起こしたんだから、しょうがない。自分でこんな体にしたのだから、誰にも文句は言えないし、非難できないよ」

私は何てひどいことを言っているのだと感じながら、そんな自分がたまらなく嫌になり、

「こんなこと言う気はなかったの。ごめん」

と夫に謝っていました。

私は「よしクンが事故を起こさなければ、こんなことにはならなかった」という、言ってはいけない言葉を夫にぶつけていたのです。

一番苦しんでいる人に私は何てひどいことを言っているのだと、自己嫌悪に陥り、

悔しいのと自分が嫌なのとで、涙がこぼれてきました。

そんな姿、夫が見たら心配するので、私はいつも廊下で泣いていました。

それも、とても普通の姿ではありませんでした。人目を気にせず、廊下のソファーで平気で体を横にして、落ち込んで泣いていました。看護婦が見たら、どう思うとか、他人が見たら、お見舞いの人が来たら……なんて、考えられませんでした。

そんなある日、偶然母にこんな姿を見られた時がありました。母は私を心配して、時々、父に内緒で病院に来てくれていました。

「どうしたの?」

母の優しい声に、こらえていたものが、一気に溢れ出てきました。

ビックリした母は、そのまま病院の中庭に私を連れ出し、

「どうしたの。あんたが泣いてどうするの! 一番苦しいのは、芳行さんなんだよ! あんたがしっかりしないでどうするの!」

「わかってる。わかってるよ。でも、どうしていいのかわからないの。私今、一番苦しんでいる人にひどい言葉を言ってしまう。そして……、そんなことを言いながら、私は何を言っているのって思って、自分が嫌になって……、そうしたら、もう、ど

うしていいのかわからなくて、涙が出て……、苦しくて……」

「お見舞いに来てくれた人にも、よく言われるの。『奥さん、看護婦さんでよかったな』って、私……、ちっともよくないよ。お母さんはわかるでしょ。私がどんなに看護婦になりたかったか。どれだけがんばって看護婦の免許を取ったか。よしクンがこんなことになってしまって私の今までは、何だったの？　って思えちゃって。こんなふうになることが決まっていたから、私は看護婦なの？　って思ってしまう。これから私……、看護婦の仕事も、もうできないかもしれないし……。私の今までの人生、何だったのって思うと、よしクンに対してひどい言葉が出てしまうの。……苦しいの。それに私、看護婦じゃなきゃ、良かったって思うことがよくある。体のことがいろいろわかり過ぎて、どうしたらいいのか……」

　母の前で泣いていました。

「しっかりしなさい!!　あんたがそんな弱音言ってどうするの！　自分で、二人でがんばるって決めたんでしょ、がんばりなさい」

「がんばってるじゃん。こんなにがんばってるじゃん。あと何をがんばれっていうの」

　心の内を母に言えたことは、良かったのですが、母の励ましは、私には苦しく思えました。

一九九九年七月二十三日　睦美↓芳行

人に何かを言われると、素直に受け止めることができなくて……、
ムシャクシャして「カーッ」となる。全てがイヤになる。
そんな自分がたまらなく、キライ。
自分でも自分をコントロールできないよ――。
そんな時、その場から逃げ出したくなるの。
人と話したり会ったり、そんなことさえ面倒くさくなってきている。
よしクン、助けてください。
次々にやってくる問題。どう対処して良いのかわからない大きな問題。
どんどん、どんどんやってきます。
生きていくのって大変なことですネ……。
私はよしクンの支えになれてるかわからないけど、
よしクンは私の支えになってくれています。
この大きな問題も、きっとよしクンとじゃなかったら、乗り越えれなかったと思う。

私はよしクンとめぐり逢えて、結婚できて良かったと思う。

これからも、私の支えになってください。

末長く、よろしくお願いします。

一九九九年七月二十八日　睦美→芳行

今日は朝から泣いてしまってすみません。妻という責任の重さに、まいってしまう時があります。

私の心の中に「良いムツミ」と「悪いムツミ」がいて、ときどき悪いムツミが勝ってしまうのです。

よしクン、良いムツミが勝つように応援してください。


私自身も、夫が車いすになってしまったという現実を、受け入れなければいけないのですが、なかなかそうなるまでには時間がかかりました。心がこの受容に向かって、一つ進んではまた戻り、やっと二つ進んだと思えばまた二つ戻り、とするのです。

人の心は看護学生のときに学んだ心理学のように、簡単にはいかないものだと感じていました。

そんな私を支えてくれていたのは、夫と友人や知人たちでした。私を心配し、たびたび電話を掛けてきてくれたり、手紙をくれたり、病院にまで来てくれた友人もいました。

「ムッちゃんが、体を壊さないようにガンバってね。みんな、みんな、いるからネ。一人ぼっちじゃないよ。一人で抱え込まないで、何か悩みごとがあったら、いつでも電話してきてね」

「『冬は必ず春になる……』というように、これから幸せがいっぱいやってくるよ。ムッちゃんには、私たち友達がついているんだから何でも言ってよ」。

まだまだいっぱいお手紙をもらいました。

どうも、ありがとう。

夫が勤めている会社の社長さんからいただいた本も、私のこころのビタミン剤になっていました。

私はみなさんのお陰で、どうにか自分自身を保っていることができたのだと思います。

夫からの電話

夫の声は、どうにか以前のような声に戻り、表情も次第に明るくなってきました。

しかし、リハビリが進むにつれ、あまり病院の食事を取らなくなってきました。入院生活も長くなり、病院食にもそろそろ飽き始めたのです。

食事をしっかり取らなくては、いくらリハビリをがんばっても筋肉が付かないので、私は毎日お弁当を作って、夫に持って行っていました。もちろん、筋肉を付けるために、タンパク質の多い食事を持って行っていましたが、たまにインスタントラーメンのリクエストがある時もありました（まぁ、たまにはと大目にみていました）。

その日も朝からお弁当を作っていると、十時ぐらいに電話が鳴りました。

ナンバーディスプレイを見ると、「公衆電話」の文字。

「もしもし、鎌形ですが」

「もしもし……」

それは夫からの電話でした。

「えっ？　どうやって電話のある場所まで行ったの？」

「看護婦に車いすへ移してもらって、ボチボチ自分でこいで来た。今からリハビリに行くんだ。電話したら『ビックリするかなぁ』と思って」

それは「ビックリ」というものではありませんでした。

「まさか、電話をくれるなんて……」

公衆電話の場所まで何十分もかけて一人で車いすを動かしてきたかと思うと、私は感動のあまり泣いていました。

「うれしいよ……、ありがとう……」

「あれ？　どうしたの？　泣いてるの？」

「なんかさ……、昔みたいな生活が戻ってきたみたいだね」

電話を取ってこんなに泣いたのは初めてでした。

一九九九年六月二十六日　睦美↓芳行

今朝は電話ありがとう。

付き合ってたとき、私の誕生日にお祝いの電話をくれたときもうれしかったけど、今朝の電話は今までの中でもとびっきりうれしかったです。

感動のあまり、泣いてしまいました。

付き合ってたときもよく電話してたよね。そんな昔みたいな生活が戻ってきたようでした。


車いすを自分で運転できるようになると、朝のリハビリ終了後に、バス停の近くまで私を迎えに来てくれるようにもなりました。

一九九九年七月五日　睦美↓芳行

昨日はお出迎え、どうもありがとう。

長い間待たせてしまったみたいでごめんネ。病院に着いてよしクンの元気な顔を見ると、「ホッ」とします。うれしくなります。


そして、暗く落ち込んだとき、うれしくて笑ったとき……、そんな今の顔をカメラに収めようと思い始めました。

私たちはいつかまた、幸せな生活が送れるようになったら、このときの顔を忘れないように写真を撮り始めました。

排泄の問題

夫にはもう一つ大切な話をしなくてはいけませんでした。

それは一番告げにくい「排泄」の問題でした。

脊髄を損傷してしまうと、その傷ついた神経から下は自分の命令が伝わらないか不完全にしか伝わらず、「痛みなどの感覚」や「筋肉を動かす機能」はマヒしてしまいます。

もちろん、排泄については尿意や便意も伝わってこないし、排泄を自分ですることもできなくなるのです。

もしかすると、歩けないことより、排泄ができないことの方がツライことかもしれません。こんなに重大な後遺症が残ることを知っているのに、ずっと黙ったまま、夫と普通に接しているなんて、私にはできませんでした。

しかし、排泄のことを夫が私に聞いてきたらどうしようという思いと、こういうことは早めに言った方がいいんだという思いで、毎日私の心は複雑でした。

夫は入院してから、膀胱《ぼうこう》へ管を入れたままの状態だったので、おしっこはその管を通り、自然に体外へ排出されていました。

私は夫がこの管に疑問を抱き始めたときに、排泄について全て説明しようと決めていました。

——そして、ある日

「このおしっこの管って、いつまで入れておくんだ?」

その時がきたのです。

「その管はもうすぐ取れると思うけど……、自分でおしっこをすることはたぶん……、できないと思う。それから、その管を抜いたらしばらくは看護婦さんが導尿（尿道から膀胱へ管を通し、尿を出すこと）をしてくれると思うけど……、最終的には自分で導尿する自己導尿になると思う。でも、安心して。すぐに自分でやれってことじゃないから」

排泄方法や、なぜ排泄ができないのかについてまで詳しく説明しました。夫は表情を変えることなく、真剣な顔つきで話に耳を傾けていました。

―これもまた、排泄訓練が始まってからが問題なのではないかと心配に思いました。

〔事故から四十三日目〕

一九九九年六月十二日

やっと、おしっこの管が抜け、この日から一日三回、看護婦に導尿をしてもらうことになりました。

一九九九年六月十三日　　芳行→睦美

昨日の夜、お腹が張った感じがしたので、尿を取ってもらうと、五五〇mlの尿が出てきた。そして、朝もお腹が張った感じがしたので、また尿を取ってもらうと、七五〇ml溜まってた。これは尿意のあらわれかもしれない。

一九九九年六月十四日　　芳行→睦美

今日も下っ腹が張っていたので、尿を取ってもらった。七〇〇ml出た。

夫は完全麻痺の状態なので、排泄を自分ですることは無理だと思っていましたが、うれしいことにどうやら、尿が溜まった感じはわかるみたいなのです。

その後、泌尿器科を受診し、膀胱を収縮させる薬が処方され、少しではありますが自分でおしっこを出せれるようになりました。

排泄だけでも自分でできたら、導尿による尿路感染の心配もなくなりますし、何より夫本人が失禁の心配をしなくても良いのです。

夫がこんなことを自分でできるなんてまったく考えていなかったので、奇跡が起きたようでした。

排便については、肛門の出口にある便は、いきむとどうにか自力で出すことはできましたが、お腹の中に残っている便まで出すことはできませんでした。

入院中の排便のコントロールは、一週間便がでないと浣腸をしてもらうか、摘便《てきべん》（肛門に指を入れ便を掻き出すこと）で出してもらっていました。

しかし、便が勝手に出てしまっていることもあり、その時は看護婦さんに処理をお願いするしかありませんでした。

一九九九年六月二十七日　睦美↓芳行

最近、おしっこやうんちも出る前に、自分でわかるようになった。奇跡です。私は自分でおしっこを出したり、いきんだりすることなんて無理だと思っていたので、ビックリしています。

スゴイ。スバラシイ。

お願いだから、このまま全て良い方向にいって欲しい。

大きなお願いかな？

排泄訓練が始まりました。

まずはトイレに行き、便座に座ることからスタートしました。しかし、自分で便座に移ることができず、毎回、看護婦と私に抱えられながらやっとで移っていました。なんとか便座に座り、排便をしようと試みましたが……、残念ながら、三十分、四十分経っても自分ですることはできませんでした。

「便座に座ることから始めるよ。うんちを出すのはあと」

と看護婦さんが励ましてくれるのですが、毎回夫の顔は暗くなっていきました。

ある日
「今日もトイレに行って便座に座ってみよう」

と私が言うと、あまりトイレに行きたがらなくなった夫は
「もう少ししてからトイレに行く」

と言い、それから二、三度声をかけ、やっとトイレに移ったことがありました。

夫はそんな毎日の訓練を次第に嫌がるようになっていったのです。

「いくら便座に座ってがんばっても自分でウンコができないんだぞ。自分でトイレができないのに、こんなこと練習する意味がないじゃないか！」

「まだ自分でできないって決まった訳じゃないでしょ。どうにか工夫すれば、自分でできるようになるかもしれないよ。最近、よしクンはトイレ訓練、嫌がっているでしょ？　初めはすぐに便座に移ったのに、今は私が何度トイレに誘ってもすごく嫌そうな顔になるもん」

「あー、嫌だね！　こんな意味のないことさせてって思うよ！　だって、ウンコがどれだけ溜まっているのかも分からないし、出たかどうかも自分では分からないいんだぞ。そんなことも分からないのに、トイレに移ってどうするんだよ？」

「……。だけどまだ、練習始めたばかりだし、これからできるようになるかもしれないよ。無理なんていう言葉を口にするのはまだ早いよ」

「あぁ、もう分かった！」

　認めたくない現実と向き合い苦しんでいる夫をそばで見ていて、何もしてあげられない私はとても苦しく思いました。

一九九九年七月五日　　芳行↓睦美

オレは精神的に少しめいっている。

そしてオマエに絡んでしまう。

なにか今まで自分なりに冷静に振舞っていたときが多かったが、今はヤケクソになってしまうときがある。

思い通りにいかないことが多く、何かすごく悲しく虚しくなってしまい、どうしようもなくなってしまう。

笑顔の在庫が少なくなってきたのかな。

一九九九年七月五日　　睦美↓芳行

最近元気が無いようです。トイレのことが自分の思い通りにならないからかな？

今は練習のときだよ。何度も何度も練習しないとできるようにならないよ。

ガンバレ。

一九九九年七月六日　　芳行→睦美

夢を見た。

昔のバンドのメンバーと飯を食っている。

そして今日のライブは何の曲をやるのかと、話をしている。

そこではオレは立ったり歩いたりしている。

何か楽しそうである。

目が覚めた。

ベットの上で、汗をかいて歩けないオレがいる。

最近、絡んだりして本当にスイマセン。

オマエにこんなことを言っても仕方がないと思うのだが……、何かやるせない気分になって、ついつい絡んでしまう。

最近、特に支えられていると思う。

感謝しています。

一九九九年七月六日　　睦美→芳行

排泄のことだけは特にイヤだろうけど、それも上手にコントロールしていきましょう。

あまりあせらないで、ゆっくりやっていこう。

手術してからリハビリが始まって自分でいろいろできるようになったじゃん。

入院生活もまだまだあるんだから、ゆっくりやっていこうよ。

一九九九年七月七日　　芳行→睦美

今日も朝からあまり気分が良くない。

リハビリも何もやりたくない。静かに眠りたいだけ。

あと、どれだけこの生活が続くのだろう……。

今日は七夕だ。天の川、見えるかな?

一九九九年七月七日　　睦美→芳行

今日は七夕です。天の川、見えると良いね。

私のお願いは、よしクンが早く退院してきて、新婚生活のやり直しをしたいです。でも、今一番のお願いごとは、よしクンが元気になって昔みたいによく笑うようになってほしいことです。

二つもお願いしたら、聞いてもらえないかな。

一九九九年七月十日　睦美→芳行

今までが、五体満足で自由に何でもできた分、今の状況がツライのもわかるよ。

だけど、今の状態から目を背《そむ》けたらダメ。

今のよしクンは、この状態から目を背けようとしているように見える。

今の状態で、一からひとつひとつ練習していかないと、一人でなんて、できるようにならないよ。でも、今の状態で始めたばかりだから、失敗ばかりで当たり前だよ。でも、今の状態から逃げていたら何も進まないよ。

それにはよしクンが、今の状態と向き合って、それを受け止めてがんばっていくしかないよ。

私は今とっても苦しんでいるよしクンを、言葉でしか支えてあげることができません。そんな苦しんでいるよしクンの姿を見て、私もとっても苦しいです。

ひとつひとつ練習していこう。

時間は掛かるかもしれないけど、一人でできるようになるよ。　　ムツミ

一九九九年七月十日　睦美↓芳行

今は訓練の時だから、人の手を借りて練習して、最終的に一人でやれるようになれば良いと思うよ。自分でできる、やれる喜びを知って欲しい。

私がいないと生活できないんじゃなくて、私がいなくても大丈夫ぐらいになって欲しい。

よしクンはそれができる人だと思います。

負けず嫌いだし、やる時はやる人だと思います。

夫の帰る家

夫が車いすになり、私が一番困ったことは、夫が帰ってくる家がないということでした。

いくらリハビリをがんばっても、住める家がなければ退院できないのです。その時は二階建てのアパートで、しかも二階に住んでいたので、車いすで上がることなんて、当然できませんでした。かといって一階に住んでいたとしても、車いすで生活できるだけのスペースがないため、無理でした。

家を建てるか、夫の実家を改造してもらうか、大家さんに頼んでアパートを改造（自己負担）させてもらい住ませてもらうか……ぐらいしかありませんでした。しかし、家を建てたり、実家を改造するには資金がなかったですし、アパートを改造させてもらうにも、大家さんが首を「たて」に振らないということを聞いたことがありました。

今の病院で入院させてもらえるのは、せいぜい三、四ヶ月の話で、その後は一体どうすればいいのか――。

途方に暮れていました。


そんな時、私たちの結婚式で乾杯の音頭をとってくれた知人が、夫婦でお見舞いに来てくれました。

住む所に困っていることを話すと、県営や市営で「障がい者」が住める住宅があることを教えてくれました。

なんともうれしい情報に、翌日、私はさっそく区役所に出向きました。

区役所の福祉課へ行き、障害者向け住宅の相談をすると、応募は年に六月・十一月の二回あるということでした。

そして、なんと今から急いで応募すれば、間に合うというではないですか。しかし、うれしい悲鳴を上げていたのもつかの間でした。

「では、障害者手帳の何級をお持ちですか?」

「障害者手帳?」

「……手帳、持ってらっしゃらないの?」

その手帳がなければ、応募すらできないということでした。

しかし、その手帳はあと六ヶ月経過し、受傷症状が固定しなければ、申請できませんでした。

夫のようにこれ以上、症状が良くなることがないとわかっていてもなのです。結局、この六ヶ月間はどうも動きようがなくなってしまいました。

弱者を守る法律があっても、こんな規定があるために、一人の障がい者の社会復帰が遅れてしまうのです。

何のための法律なのだろう?

と考えさせられました。

相談所への電話

入院生活も長くなり、二ヶ月が過ぎました。

私は夫の入院生活を見ながら、一つ気がかりなことがありました。

もし家が決まり退院できたとしても、おしっこの方はこの入院中に自己導尿をマスターしたとして、便の方はどうやってコントロールしていけばいいのだろうかということでした。

今のままだと、いつ便が出てしまうかわからないため、一生紙おむつを外すことができません。

まだ三十歳という若さで、一生紙おむつをしなくてはいけないなんて、かわいそすぎるではありませんか。それに、今の病院で入院している患者さんは歩ける人が多く、夫はリハビリ室でそんな人たちを見ては「あの人は歩けるからいいなー」と、ねたましく思う気持ちを募らせる一方でした。

排泄のことに対しても、夫の落ち込みようは訓練のたびに、ヒドくなっていき、「オマエは良いよな。普通に何でもできるし、口でがんばれって言ってるだけだから。オレの気持ちなんか……。一生歩けない人の気持ちなんか、わからないだろう！」とまで、言うようになってきていました。

私はそんな夫を見ていて、今一番夫に大切なことは、「同じ障がいを持っている人に会うことではないだろうか」と思いました。

またそれは夫だけに必要なことではありませんでした。私自身も夫と同じように、歩ける患者さんの家族を見て、正直うらやましく思うところがあったからです。歩ける人を見ては二人そろって「いいなぁ」とか「私たちはなんてかわいそうなんだ」と、いつまでも悲劇のヒロインを演じ、精神的に足踏み状態のままではいけないのではないかと思っていました。

では、これからどうしたら良いのか――。

大きな壁にぶつかりました。

そのことを高校時代の友人に相談すると、

「障害者更生相談所っていうのが、あるみたいだよ。一度、電話してみたら?」

翌日、二人で電話帳をめくり、相談所の電話番号を見つけ出し、さっそく電話をかけてみました。夫の傷病名と今抱えている不安について話すと

「排泄はどのようにされていますか?」

「車に乗る練習とかはリハビリでされていますか?」

など、退院後に重要な生活動作についての現状を尋ねられました。

「まだ三十歳とお若いし、これから社会復帰ということを考えますと、このまま退院して生活を始めても不都合なことがたくさん出てくると思います。まず、退院後の生活に合ったリハビリが行える病院に転院した方が良いと思います。そして何より、本人さんと家族の方も、同じ『障がい』を負った人と心を割って話をしてみることが、大切だと思います」

脊損患者のリハビリで有名な病院を紹介してもらいました。

一九九九年七月三日　睦美→芳行

今日、相談所に電話をして良かったです。

私は正直言って、これからどうすればいいのか不安でした。

しかし、今日の電話で、私の心の雲が「パーッ」となくなっちゃいました。

今の状態で退院してもやっぱり不都合なことがいっぱいあるもんネ。だから、すぐに退院じゃなくて、生活するための訓練をしてから社会復帰したほうが、よしクンのためにも良いと思うよ。もし今のまま退院したら、何をするにも人の手を借りたり、人に頭を下げて頼んだり、チョットみじめかも……。

だって今は、自分はこれができるっていうことが少ないじゃない。これからは、これはできないということをハッキリさせて、そのときは人にお願いをする。

その方がよしクンの性格からしても、良いんじゃないかな。

そして何よりも、自分と同じ状態の人と肩を並べて話をしてごらんよ。

それは私もいっしょ。私と同じ気持ちの人と話をしてみたい。やっぱり当事者しかわからないツライことってあるし……。

よしクンが転院したら、新婚生活の再スタートはもう少し先に伸びてしまいます。だけど、よしクンのためにはその方が良いし、一番良い状態でいっしょに生活する方がお互いのためにも良いのかなと思うとガマンします。

よしクンはまだまだこれからです。若いんだから、たくさんの可能性があります。

あとは、よしクンががんばるだけです。

ファイト。

ムツミ

相談所に電話をした日、主治医の佐藤先生に転院の意思を告げると、

「鎌形さんは、まだこれからがある人だからね。退院後のことを考えると、そういう病院でしっかりリハビリをした方が、僕も良いと思う。すぐに転院できるように、あちらの病院の先生に今から連絡してみるから」

と応援してくれました。

転院先の見学

転院先の病院は現在満床なので、ベットが空き次第、あちらの病院から連絡をくれるということになりました。

「いずれその病院へ転院するのだから、一度見学がてら行ってみよう」

と二人で話していた矢先、佐藤先生から

「紹介状とレントゲン写真を渡すので、あちらの病院の先生に一度診察をしてもらってきて下さい。転院前にあちらの病院を見てくるのも良いことだし、ついでにリハビリ室も見てきたら?」

と見学を勧められました。

「やったー」

行き先はどこであれ、何といっても入院してから初めて外出をすることになったのです。

二人とも前夜は、二ヶ月ぶりの外出に、興奮してなかなか眠れませんでした。

〔事故から六十九日目〕

一九九九年七月八日

いつものパジャマから、よそ行き用の洋服に着替え、リフト付きタクシーに乗り込むと、なんだかすごくわくわくしてきました。そしていざ、転院先へ……、と言いたいところですが、おっちょこちょいの私は保険証を家に忘れてきてしまい、まずは我家へ戻らなくてはいけなくなってしまいました。

一九九九年七月八日　芳行↓睦美

今日は二ヶ月ぶりの外出だった。

タクシーに乗るまでは、そうでも？　なかったが、乗った瞬間ワクワクしてきて、すごくうれしくなった。

以前は何てことのない景色も、どこか新鮮だった。

オマエが保険証を忘れたこともあり、一度家に帰った。久しぶりの我家。部屋の中にこそ入れなかったが、家の回りの空気は以前のままのような気がして、昔の懐かしい生活を思い出した。

あの部屋に引っ越して一年も経っていないのに、もう出て行く準備をしなければならない。オレたちの生活のスタートの場所なのに、まさかこんなに早く出て行くなんて……。

引越しや掃除をした記憶がまだ鮮明に残っている。ここでの短かった新婚生活がとても懐かしい。


転院先の診察を終え、病院に戻ると昼過ぎでした。

近くの中華料理店にでも行こうかということになり、そのまま入院してから初めての外食へ出かけました。アツアツの焼き餃子・シュウマイにラーメン……。

病院食ではとても出てこないような料理に夫は大感激していました。夫は作り立ての食事を取ったのは何ヶ月かぶりだったので、それはおいしそうにパクパクとあっという間に食べていました。

結婚してから七ヶ月ではありましたが、私たちにはそんな生活がありました。しかし、二人でご飯を食べるという、そんな当たり前の生活がどれほど幸せなことか、それほど感じていなかったように思います。

二人でこんなに楽しく、おいしく食事をとったのは久しぶりで、このときだけは懐かしい生活が戻ってきたような幸せな気持ちになりました。

そして、やっぱり二人で食べる食事が一番だとつくづく感じました。

私たちは二ヶ月ぶりの、つかの間のデートを満喫しました。

しかし、翌日から夫は浮かない顔をするようになりました。それは転院先の病院で、たくさんの車いすの人たちを見て、「自分もあの人たちと同じなんだ、もう歩けないんだ」と改めて車いすという現実を叩きつけられたからでした。

転院先の病院に着いた時も

「せっかく来たんだから、病室でも見に行こうか」

と言い、病室の廊下まで行くと、

「もういい、帰る」

「じゃぁ、リハビリ室でも見に行く？」

「……いい、帰る」

結局、昨日は外来診察だけ受け、病院へ戻ってきたのです。

一九九九年七月九日　睦美→芳行

悲しみの淵にいる人は、よしクンだけじゃない。これからの人生真っ暗だなんて思って欲しくない。

向こうの病院でいろいろな人を見て、よしクンが何かを感じ、前向きな考えを持ってくれたら……と思って病院を勧めたんだよ。

相談所の人が言っていた通り、車いすの人がいっぱいいた。その中に自分も入るんだって、目の当たりで感じたと思う。

でも、逃げちゃダメ。

よしクンは自分でできることをもっと増やして、自立しなきゃ。いつまでもメソメソしていたら、心配してくれる人たちに悪いゾ。自分でできるようになってやるという気持ちを持って、とにかくがんばるしかないよ。
ファイト。

やっと、うっすらとした光が見えてきたのに、夫はまた精神的に落ち込み、暗い顔をするようになりました。私がいくら言葉で励ましても、それと向かい合っている本人が、後ずさりしていては、何も進んでいきません。
毎日夫のそばにいて、夫の苦しい気持ちは痛いほど伝わってくるのですが、「どうにか、がんばってほしい」という思いで、私の心はいっぱいでした。

転院

佐藤先生が転院の手続きを早くしてくれたお陰で、向こうの病院へ見学に行った五日後に、早々と転院が決まりました。

一九九九年七月十一日　芳行→睦美

あさっては転院だ。四月三十日に運ばれてきて、二ヶ月ちょっとでいろんなことがあった。何か懐かしく感じてしまう。
わけもわからず運ばれてきて、オマエの顔を見て安心したとき。

初めて車いすに乗った日。

入院して初めて頭を洗った日。

初めて風呂に入った日。

初めて起きあがった日。

初めて外に出た日。

いろいろあった。

本当にありがとう。

一九九九年七月十二日　芳行↓睦美

明日はとうとう転院だ。入院生活二ヶ月と少し、いろいろあった。こんなところで、作ろうと思ったわけではないが、思い出もそれなりにある。

今まで味わったこともない悔しさ。

恥ずかしさ。

初めて手術をしたこと、しかも大手術。

オマエとケンカしたこと。

毎日のようにバカ笑いしたこと。

人生設計の立て直しをせざるを得なかったこと。

オレの弱い一面を見せてしまったこと。

毎日のように悔やんだこと。

オマエの人生を壊したこと。
ワガママを言って困らせたこと。
オマエにウンコを見られたこと。
死んでしまいたいと何度も思ったこと。
——まだまだいろいろあった。

一九九九年七月十二日　睦美→芳行

入院してから本当にいろいろあったネ。
いろんな問題にぶつかって、その度に二人は強くなっていきました。
これからも、この二人なら大丈夫でしょう。

〔事故から七十四日目〕
一九九九年七月十三日
二ヶ月ちょっとお世話になったこの病院とも、お別れの日がやってきました。
手配していたリフト付きタクシーが迎えに来ました。

ナースステーションの前まで行き、「お世話になりました」とお礼を言うと、その日、日勤で働いているスタッフ全員が、集まってきたのではないかと思うぐらい、大勢の看護婦が夫を囲みました。

「気を付けてね」

「向こうの病院を退院したら、また元気な顔を見せに来てね」

「がんばってよ」

たくさんの励ましの言葉をもらっていると、向こうの方から、佐藤先生が走ってきました。

夫が病院を出て行く時間になったら、ポケベルを鳴らしてくれと看護婦に頼んでいたらしく、慌てて走ってきてくれたのです。

「あー、間に合った。向こうの病院に行っても、元気でやってよ。鎌形さんはこれからなんだからね。奥さんもいるんだし、がんばらなきゃね。退院したら、元気な顔見せにきてよ。待ってるから」

これだけ夫のことを心配してくれる先生には、最後まで頭が下がりました。

——そうこうしていると、エレベーターが来てしまいました。

「本当にどうもありがとうございました」

佐藤先生を始め、病棟のスタッフのみなさんには、本当にいろいろお世話になったので、お別れの瞬間は胸が熱くなりました。

リフト付きタクシーに乗り込み、転院先へ向かおうとした時――、病院の入り口から、同じ病室にいた患者さんの奥さんが、こちらへ走ってきました。

「だんなさん、まだ若いんだからがんばってあげてね。奥さんがいつもがんばってみえたから、『私もがんばらないと』って思ってね。鎌形さんたちといっしょの部屋で本当に良かったわ」

とてもうれしく思いました。

こんな私たちの姿を見て、がんばろうと思ってくれる人がいたことが、うれしくてたまりませんでした。

私たちは、この病院を去るという寂しい気持ちと、新たな希望を胸に病院をあとにしました。

車いすの仲間たち

新しい病院は、交通事故や病気・労災事故で脊髄を損傷してしまい、車いす生活を強いられてしまった人たちが、たくさん入院していました。夫が入院した病棟は、そんな車いすの人たちばかりが生活していました。

首の骨を折り、頚髄を傷つけてしまい、手足が自由に動かない人。夫のように脊髄を傷つけ、足が動かない人……、いろいろな障がいを持った人がいました。

夫の病室は四人部屋で、そのうち夫を入れて三人は車いす生活になり、まだ数ヶ月しか経っていない人でした。

頚髄を損傷してしまった人は

「ご飯すら自分で食べれないし、そこにある物を動かすこともできない。拷問にあっているみたいだ……」

と本音をもらしました。

皆「あの時こうしていなければ、こんなことに……」と後悔したり、「どうして自分がこんなめに遭わなくてはいけないんだ……」と悔やみ、悲しみ、共に落ち込んだときもありました。

一九九九年七月十八日　睦美↓芳行

昨日、同じ病室の人たちと、お話をした。「何が良くて、何が悪くて」、「どうしてたら良くて、どうしてたら悪かった」なんて、考えたら答えが出ず頭が混乱してきた。みんな同じことを思ってるんだネ。

こっちに来て、よしクンが同じ車いすの人と向き合って、いっしょにがんばることができれば……、と思っていたけど——。

そうなってくれそうで、うれしいです。

一番驚いたことは「障がい」を持っていても、みんな「明るい」ということでした。

転院してから、ある女の子が声を掛けてきてくれたことがありました。

「どこをやったの？　腰？　首？」

初対面で、いきなりこんなことから会話を始めるなんて、正直びっくりしました。普通ならば、一番聞きにくいこんなことでも、「障がい」を持った人同士だからこそ、聞けることなのだと思いました。

「胸椎の十二番をやった」

「ふーん、私なんて首やっちゃったから手もダメなんだよ。握力なんてほとんどないし、ほら、指もこんなけしか曲がらないでしょ。でも、今はこうして自分で車いすをこげれるようになったんだよ。見た目、首やったようには見えないでしょ」

なんなのだろう、この明るさは——。

障がいの程度は違うにしても、目には見えない「何か大きいもの」を、きっと彼女はすでに越えているのだと思いました。

この病院に入院している人は皆こうなのです。

今まであんなに落ち込んでいた自分たちが、なんだか恥ずかしくなってきました。

夫は他の患者さんとも会話をするようになり、次第に以前のような「よく笑う夫」に戻ってきました。

そして私自身も、「障がい」を負ってしまった患者の家族と語り合うことで、心が落ち着いていき、何かを乗り切ったような、そんな気持ちになってきました。

一九九九年八月八日　睦美→芳行

昨日、前入院していた病院へ書類をもらいに行った。

向こうの看護婦さんと話をしているときに「あれ、私ってこんなにここの看護婦さんと笑いながら話したことあったっけ?」と思った。

あそこに入院しているときは「人生で一番不幸な時」っていう顔していたんだろうネ。

よしクンが、ますますリハビリをがんばっていることや、明るく前向きになったことは、もちろんうれしいことだけど、私自身が明るくなったことには驚いた。そう思うと、前の病院で撮った写真が早く見たくなりました。

私たち、どんな顔してたんだろうね。

私は夫が車いすになったすぐから、

「車は乗れるのだろうか？　旅行には行けるのだろうか？　外出先で下痢になったらどうするのだろうか……？」

と、今そんなことを考えても、取り越し苦労だというようなことまで考えてしまい、不安ばかりが募り、それがストレスになっていました。しかし、そんな不安はこっちの病院に来て、一気に消えました。外来通院をしている車いすの人たちから、たくさん情報を聞くことができたからです。

身近に同じような「障がい」を負い、今は普通に生活を送っている人がいると、心強く感じました。

自立

こちらの病院では「まず患者自身が、自分の体について理解をしなくてはいけない」ということで、入院患者はみんな「脊髄損傷――日常生活における自己管理のすすめ」という本を購入していました。

夫もその本を購入し、排泄機能の障害、褥瘡（床ずれ）や性機能障害についてなど、脊髄損傷による合併症や、日常生活の注意点について目を通しました。

一九九九年七月十五日　芳行→睦美

今後のことを考えると、「ゾッ」とする。気を付けなければいけない事が多く、不自由も多く、大変だ。生きていくことが、さらに大変になった。

この本を読んでから、次第に夫の行動は、変わっていきました。今まで気にも留めなかった褥瘡についても、自分で気を付けるようになってきたのです。

普通の人は座っていても寝ていても、一定の時間がくると、「痛い」という命令が脳に伝わり、無意識に体を動かしており、体の特定の部分に長い時間圧力が掛かるのを防いでいます。

しかし、夫のように脊髄を損傷してしまうと、「痛み」の感覚もなくなるため、長い時間特定の部分に圧力が加わり続けると、知らないうちにその部分の血液循環が悪くなり、皮膚を含めた組織が死んでしまうのです。

これが褥瘡です。

褥瘡は長時間の圧迫（同一体位）がいけないので、その予防として一番に、プッシュアップ（お尻を上げること）があります。

夫は三十分おきに、プッシュアップをしたり、寝ている時も途中で起きて、体位交換を自分でするようになり、夫自身が自分の体を管理するようになっていきました。

そして排尿の方は「もしかしたら、自分でおしっこができるようになるのでは……」と、かすかな希望を持っていましたが、こちらの病院へ来るなり、前の病院で処方されていた膀胱を収縮させる薬は中止されてしまいました。自分で少し排尿ができたとしても、残尿（膀胱に溜まっている尿）が多かったからです。

残尿が膀胱内に溜まったままになると、膀胱内で細菌が増殖してしまい、そのおしっこが腎臓に逆流し、腎炎を発症してしまうこともあるからです。

「膀胱を完全に空にする」ということが、尿路感染の予防には大切なことなのです。

そのため転入後、さっそく看護婦さんに導尿の仕方を教わり、一週間後には、自己導尿法をマスターしました。そして、一日何回か時間を決めて自己導尿をするようになり、尿路感染の予防のため、自分で飲水量も気にするようになっていったのです。

排便は転入当初、私がトイレで摘便をしていましたが、夫は何度も練習をして自分で摘便ができるようになりました。あれだけ気にしていた紙オムツは、下痢の時にやむを得ず使っていましたが、あとはパンツで生活しても大丈夫でした。

また、リハビリもハードで、一日のうち三時間はリハビリをしていました。筋肉を付けるリハビリや、車いすから落ちてしまった時のため、床から車いすに乗る練習。トイレの便座に移る練習。お風呂の湯船に入る練習などまでしていました。

退院しても、人の手を借りずに一人で生活できるようなリハビリ内容に、私も安心していました。

一九九九年七月二十日　睦美→芳行

こちらの病院に来て、以前より考え方が前向きになった。そして私が思っていた以上に、よしクンは人の手を借りなくても、生きて行けることがわかった。よしクンは導尿も自分で上手にできるようになったし、自分の体のこともしっかり考えれるようになった。

人に言われなくても、自分の体のことを考えて行動に移せたり（プッシュアップとか）しているということは、よしクンが自分の体・障がいとしっかり向き合っているってことだよ。

最近私には、よしクンの心が安定してきているように見えます。

転入後は、まだ腰も曲がらなかったので、自分一人で靴下やパンツを履くのは無理でした。そのため、自分で着替えをすると初めは一時間掛かっていたのですが、リハビリが進むにつれて、三十分、二十分と短時間で着替えれるようになりました。こうして夫は人の手を借りなくても、いろいろなことができるように自立していったのです。

一九九九年七月二十一日　睦美↓芳行

靴下を履いたり、ズボンを履いたり……、何をするにも時間が掛かってしまうのも当然です。何回も何十回もやって、できるようになるんだよ。

初めからうまくいくわけがありません。

だけど、やらなければ、いつまでたってもできないままです。そのうちがんばってやっていたら、できるようになるから、あせらないでのんびりやっていきましょう。

ガンバレ、よしクン。　　ムツミ

しかし、何でもうまくいったわけではありませんでした。

どうしても、便のコントロールがうまくいかないという時もありました。

まだ三十歳という若さで便を漏らしてしまい、落ち込んでいる夫の姿は見ている方も辛かったです。

一九九九年八月二十四日　　芳行→睦美

朝、シャワーに入りました。

シャワー台の上を移動していたら、「プーン」と臭ってきた。イヤな予感と思い、あたりを見渡すと、恥ずかしいことに、ウンコがちょこんとあった。

「あーぁ、昔はそれなりにカッコよくやってたバンドのボーカルも、今では人前でクソをタレている。情けない」

三十歳だというのに……、情けない。

待ちに待った外泊

夫は入院生活にも慣れ、外出も頻回にするようになってきました。

こうなると、次にしたいことは外泊です。

「気分転換や刺激にもなるし、外泊によって夫がリハビリに、ますます励むようになってくれれば……」と思っていたので、どうにか外泊できないかと悩んでいました。

二人で暮らしていたアパートは、二階なので上がることができず、夫の実家はというと、一階で喫茶店をしていたので、とても寝泊りをできそうにはありませんでした。

外泊をあきらめかけていた時、母から電話がありました。

「お父さんと今度の土日、親戚の家に行こうと思っているんだけど、またその日だけ家に泊まってくれない？」

実家では犬を飼っているので、以前から両親が留守にするとわかっている時は、私が前もって仕事や用事を入れないようにして留守番をしていました。母の電話は、今回もそのお願いだったのですが……。

私はハッとひらめきました。

「お母さん、私だけじゃなくて、よしクンもいっしょに泊まっていい？」

「えっ？　家に上がれないでしょう」

私の実家は玄関の前に高い段があるため、車いすで家に上がるなんて無理な話でした。私は電話を切った後、しばらく考え、玄関から入るのではなく、縁側から家に入ることにしました。

〔事故から百八日目〕

その日は、とりあえず外泊届けを出し、病院を出ました。

実家に着くと……驚きました。

夫が車いすで縁側までこれるように、庭にある不要な物は一箇所に片付けられていたのです。いくら前もって母に言っていたとはいえ、とても母が一人でやったとは考えられません。私は父と母が二人で片付けてくれたのだと思いました。

そして縁側の戸を開けると、夫がそのまま移れるように座布団が一枚、ポンと置いてありました。

「お父さん……、お母さん……、ありがとう」

何だか胸が熱くなりました。

縁側に車いすを近づけると、偶然にも車いすの高さと縁側の高さが同じだったので、夫は上手に移ることができました。

一九九九年八月十六日　芳行→睦美

久しぶりに、人間らしい生活をした。

土曜日のトンカツもハンバーガーも、おいしかった。

車に乗ったときもうれしかったけど、オマエの実家に上がれたことが一番うれしかった。

一九九九年八月十六日　睦美→芳行

昨日はとっても楽しい夜でした。

「以前の生活がやっと戻ってきた」という感じでした。夕食のお刺身も手羽先もみんなおいしかった。それはよしクンといっしょに食べたから、なおさら、そう思ったんだろうな。

早く、こんな幸せな日が送れるようになったらいいな。

一九九九年八月十七日　睦美→芳行

いっしょに外泊した次の日は、いつもよりもっと寂しい気分になります。前の日が楽しく幸せだった分、次の日はなんだか魔法が解けてしまったような、そんな気持ちになります。

やっぱり、離れ離れの夜はイヤですネー。

四カ月近くぶりに、二人で以前のような生活を送りました。

私たちは結婚したばかりのころ、いっしょにご飯を食べたり、いっしょに寝たり……、そんな当たり前の生活を送っていました。

しかし、あのころの当たり前が、どれほど幸せなことか、無くしてみて初めて気付きました。

今回の外泊で、早く以前のようなそんな当たり前の毎日が返ってこないか、待ち遠しくますます早く退院したくなりました。

父の変化

あとで母から庭の片付けや座布団の用意は、父といっしょにしたと聞きました。二人のことをあれだけ反対していた父が、こんなことをしてくれたなんて……。信じられませんでした。

この日から、少しずつ父の態度が変わり始めました。

私は父に二人のことを少しでも理解してもらおうと、あれから毎週実家に夫と帰るようになりました。

それは、父に私たち二人の笑顔を直接見て、安心してもらいたいと思ったからです。そのためには、父といっしょに過ごす時間を持つことが必要だと思い、できるだけ実家へ帰るようにしたのです。

夫が事故に遭ってから、初めていっしょに夕食をとった時は、父はお酒が入っていたこともあったのか、以前の顔とは違い、なんだか落ち着いた顔をしていました。

夫の体について父が質問してくることはなかったので、私や夫が積極的に話をしました。

「この前、二人でアピタに行ったんですよ」

「車いすで行ったのか?」

「病院から二十分ぐらい車いすをこいだかなぁ。暑くてねぇ。でも、その代わりアピタに着いてから飲み物がおいしかった」

「お父さん、これ見て。今着てるのアピタで二人色違いのTシャツを買ったの。良いでしょ」

そして二度、三度食事を共にすると、夫の後遺症の話や今後の話など、今まで話せなかったことまで話すようになり、父との距離が狭くなったことを実感しました。

「おしっこは今、自己導尿っていって、自分で膀胱まで細い管を通してしてます。便の方も、自分でどうにかやってます。まぁ、トイレに何十分もいるんで大変ですけどね」

「『おしっこがしたいなぁ』ってわかるの？」

「溜まった感じはわかりますよ」

「便は溜まっているのは、わかるの？」

「何となくはわかりますけど、今出てるかどうかはわかりません」

「それがわかると良いんだけどなぁ」

「そうなんですよ。そっちの方が肝心なことなので、わかった方が良いんですけどね」


夫は父に、私の手を借りなくても、ほとんど生活できることを説明していました。きっと父に安心してもらいたかったのだと思います。

『自立した夫を見れば、きっと父もわかってくれる』そう信じていた私は、父が夫の体について意識するようになったことが、たまらなくうれしく思いました。

ある時、先に父が寝てしまい、母からこんなことを聞きました。

「お父さん、睦美がこんなにがんばるなんて、思ってなかったのよ。事故に遭った当初は口先でかっこいいことばかり言って、きっと途中でしっぽ巻いて逃げてくると思ってたの。だからお父さん、まったく手を貸さなかったでしょ。放っておいたら、帰ってくると思ってたのよ。この前お父さんね『よく一人でこんなにがんばったな』って言ってたよ」

私は、涙がこぼれるのを我慢するのがやっとで、何も言えませんでした。

私は父に二人のことを理解してもらうために、まず夫自身を理解してもらおうと思っていましたが、それは少し違ったようでした。父は私しか見ていないのです。それが「父親」なのかな？　と思いました。

二度目の引越し

七月の終わりになっても、まだ家が決まらないため、私は次第にあせってきました。

以前聞いた話では、県営住宅の応募をするには身体障害者手帳がなければ、入居の手続きができないということでした。

しかし、空き部屋があれば、早く手続きをした者から入居が決まっていってしまいます。障害者手帳ができるまで何もしないというのは、心配性の私にはできず、なんとかならないか電話をして聞いてみることにしました。

そして現在の空き部屋の状況を尋ねると、なんと、夫の会社から十五分の所にある住宅が空いているというではないですか。私たちにとっては絶好の場所で、これを見逃すわけにはいきませんでした。

「現在、障害者手帳の申請をしている最中なのですが、予約というカタチでこの住宅を押さえておくことはできないでしょうか?」

と何とか担当者にお願いすると、仮予約で押さえてくれるということになりました。

一九九九年七月二十八日　睦美→芳行

やっと、新しい家が決まるネ。

二人の新婚生活の再スタートだゾ。

一九九九年七月三十日　芳行→睦美

住む所が県営に決まりました。

いろいろありがとな。

部屋の改造はしなくていいみたいだから、手帳ができ上がったら、すぐに引越しをして退院だな。

私たちの家を探すために、夫の会社もとても協力をしてくれました。

市営の障害者向け住宅を探してきてくれたのです。

しかもうれしいことに、こちらの住宅は「障害者手帳申請中」と書いておけば、応募を受け付けてくれるということでした。

市営の場合は、いくつかある空き部屋の中から一つを選び応募し、公開抽選で当選者を決めていました。

そしてこの空き部屋の中にも、夫の会社から近くて緑が多く、環境の良い住宅がありました。二人で再出発をする所だからこそ、少しでも環境の良い所を望んでいた私たちはさっそく、その住宅の部屋の中を見に行くことにしました。

しかし――、「当選をした人でないと、部屋の中を見ることはできない」という返答でした。

せっかく当選しても、車いすで生活できるような部屋でなければ、意味がないではありませんか。

いったい何を基準にして、部屋を選べというのでしょう？　何とも腑に落ちない話でした。仕方なく、文面上だけで一番住みやすそうな家を決めて応募しました。

――そして、抽選日。

私たちはつくづく運がないのでしょう……。

ハズれてしまいました。

残念でしたが、公平な抽選なので仕方のない話でした。

しかし、「当選された方が辞退されたので、鎌形さんが繰り上げ当選ということになりました」という通知が届きました。

「ヤッター」

うれしくてたまりませんでした。

後日、二人でその住宅を見に行きました。

管理室へ行き、部屋のカギをもらい、二人の新しい生活がスタートするであろう部屋の前まで来ました。

「……」

言葉がありませんでした。

なんと、その部屋のドアは手前に引っ張る形だったのです。

こういうドアは車いすの人は使いにくいのです。そして、家の中はというと、玄関・お風呂場・トイレ、どれも入り口が狭く、車いすが入らないのです。

段差がないというだけの「バリアフリー」で「障害者向け」ではなかったのです。

「だから、応募する前に、部屋の中を見せてって言ってたのにね」と二人ともガックリしました。

まず、家の中に車いすが入らないのですから、生活できるわけがなく、私たちも当選を辞退しました。

一九九九年九月四日　　芳行→睦美

昨日は市営住宅の下見に行った。オマエの言っていた通り、環境は良かった。部屋も広く申し分ないのだが、入り口と風呂・トイレが問題だった。

こんな体になり、家を建てるお金も無いと、選択肢なんてないよな！

やっと、身体障害者手帳ができ上がり、当初、仮予約をしていた県営住宅も、入居手続きを済ますことができました。

懸案だった引越しは九月二十日に決まりました。この日から私は今住んでいる所の荷物をまとめ始めましたが、一人で二人分の荷物をまとめるのは、大変でした。そんな私を見て、ありがたいことに両親が手伝いに来てくれました。

――そして、引越しの日――

一九九九年九月二十日　芳行→睦美

とうとう今日は、引越しだ。昨日の夜から複雑な気分だ。一言でいうには、あまりにも悲し過ぎるが、「短かった」。

この一言には、あまりにも多くの意味が含まれている。

七月ぐらいだったかな。

「家賃が少々高いけど、いいじゃん、いいじゃん」ということで、この二〇五号室に決めた。

　ある土曜日、オマエは仕事だったから、オレは一人で汗だくになって部屋の寸法を測りに来た。

　それから二人で、またまた汗だくになりながら大掃除をした。

　そしていろんなところへ家具を見に行った。

　一つひとつ決まっていき、いざ物を部屋の中に入れていくと、これまたビックリ。部屋らしくなってきた。

　サーモンピンクではあるが、座り心地の良いソファーは気持ち良かった。

　そして一生の思い出に、また一番の思い出になるであろう新婚旅行への出発もこの場所からであった。寝坊した二人には、マイッタがな。オマエは空港まで寝てたよな。それからはスイス・イタリアに二人とも、とりつかれてしまった。楽しくて楽しくて仕方のない旅行だった。

　ストーブがよく壊れるようになり、寒かった時もあった。

　大ゲンカした時もあった。

　一回だけだが、正月も過ごした。

　ディズニーランドへも行った。

　風呂掃除もよくやった。

一九九九年九月二十日　睦美→芳行

今日から違う区の人になりますね。本当に引っ越すんだね。ここはホント、明るくてきれいな部屋だった。

一九九九年九月二十二日　芳行→睦美

実際に家具など、物を入れたら、それなりにらしい部屋になったな。
もちろんオマエとオマエの親が、がんばって掃除をしてくれたからこそだとは思う。
ありがとう。

一年目の結婚記念日

一九九九年九月二十六日　私たちは一年目の結婚記念日を迎えました。

「結婚記念日は、この家でいっしょにお祝いしようね」と二人で約束をしていました。運良くこの日は日曜日だったので、外泊の許可をもらい、一日中いっしょに過ごすことができました。

買い物から帰ると、ドアのノブに紙袋がブラ下がっていました。

「なんだろう?」

と紙袋の中を覗くと、友人の井寺ファミリーから結婚記念日のお祝いにと、白ワインとメッセージカードが入っていました。

私たちの結婚記念日を覚えていてくれたなんて……、うれしくてたまりませんでした。二人そろって昼からイタリア料理を作り、夕方には、テーブルの上に、カラフルでおいしそうな料理の数々ができ上がりました。

そして、一年前に結婚式の引き出物でお渡ししたワインと同じものを私たちも作り、「このワインは一年目の結婚記念日に開けよう」と約束していました。そのワインも、おいしそうな料理といっしょに、テーブルの上に並べられました。

さらに、結婚式で会社の上司に撮ってもらったビデオも、この記念日まで見ないで楽しみにとってありました。

記念のワインで乾杯し、そのビデオを見ていると、なぜか涙がこぼれ出し、気付くと二人とも、涙でグシャグシャの顔になっていました。

一九九九年九月二十八日　芳行→睦美

九月二十六日は結婚記念日だった。

早かったか遅かったかは、わからないが、一年が経ち、とにかくいろいろなことがあった。しかも、あまりみんなが体験しないことだ。

この事故が無ければ、平凡ではあるものの、それなりの生活をしていたのだろう。

これは貴重な体験だったのかもしれないが、できれば、カンベンしてほしかったな。

結婚式に撮ってもらったビデオが、まさかこんな形で、宝物になるなんて思ってもみなかった。

「あー、良かったね」なんて言いながら、見る予定だったが……、最初から涙が出てきてしまった。

そこには「何不自由なく動いていた」という忘れることのできない過去があり、とけることのない呪縛をかけられた自分は、それを否定しなければならない。

ビデオを見ながら、二人で大泣きをした。

久しぶりに涙が止まらないほど泣いた。

本当にさみしい思いばかりさせてしまい、すまないと思っている。

オマエが「本当によくがんばったね」と言ってくれた時は、本当にうれしかった。

最悪の精神状態から見ていたオマエに言われたからこそ、うれしかった。

しかし、本当にツラかったのはオマエじゃないのかなと思う。

オレがこれだけがんばってこれたのも、本当にオマエのおかげだと思う。

ありがとう。

本当に二人とも、よくがんばった。

一九九九年九月二十八日　睦美→芳行

長い、ながーい一人暮しでした。もう、一人暮しはしなくてもいいですよね?

さみしい、さみしい、新婚生活一年目でした。

二年目からは楽しい、楽しい、新婚生活を送りましょう。

この一年でいろいろなことを経験し、感じました。

きっと人が何年も何十年もかけて経験するようなことなんだろうね。

この一年はよしクンにとって、とてもツライ年だったかもしれません。

だけど、こんなに大きなカベを乗り越えてきたんだよ。

スゴイことです。

記念日は結婚式のビデオを、いっしょに見ました。

自分たちの本当にうれしそうな笑顔がまぶしかった。

まさか、この半年後に「あんなこと」が起こるとは知らず、幸せいっぱいの二人だった。

歩いているよしクンを見て、そして二人の笑顔を見て、ボロボロと涙が出てきた。

悲しいんじゃないし、悔しいんでもない。

何だろう、あの気持ちは……。

この一年で夫婦らしくなったんじゃないかな。

いつまでも、いつまでも、仲良し夫婦でいようね。

これからも、どうぞよろしく。


記念日の翌日、友人のべっさんと、くにどんが、病院へお見舞いに来てくれました。

「昨日、持って行くと、二人のジャマになっちゃうかなと思って、遠慮しておいたの。はい、結婚一年おめでとう。二人ともよくがんばった」

と、大きな花束を手渡されました。

うれしくて胸がいっぱいになりました。

みんな、いっぱいありがとう。

退院

身内以外にも、夫のことを心から心配してくれる人がいました。

それは夫の勤めている会社の社長でした。

事故で入院した次の日は、夫婦揃って飛んできてくれました。

八月に会社のパーティーがあり、私たち夫婦にも是非と声を掛けてくれ、出席させてもらったこともありました。

その席で夫はあいさつをするために、社長のところまで行きました。

すると社長は、夫の顔を見るなり、「ニヤリ」と笑い、いきなり「バシッ」と夫の頬をたたいたのです。

そして夫を強く抱きしめました。

——感動しました。

夫のことをよほど心配してくれていたのでしょう。

一九九九年八月二十八日　芳行↓睦美

昨日は痛かった。本当に痛かった。

しかし、その後に社長はオレを強く抱きしめた。

涙が出そうになった。

「本当に心配してくれたんだ」と強く思った。たたかれた後も、しばらくは、ただお互いの顔を見ているだけだった。

何か、親が子に対してとる行動のように思えた。だから、うれしかった。

その後、千漾《ちなみ》さん（社長夫人）の笑顔が痛みを和らげてくれた。

本当にうれしそうな顔をしてくれた。

一九九九年八月二十八日　睦美→芳行

昨日の社長さんのビンタには感動しました。

私は社長さんとよしクンの抱擁シーンにも感動し、夕べはあまり眠れなかったです。

肉親のように、あれだけよしクンのことを心配してくれるというのは、うれしいことです。千漾さんも、すごく心配してくれていたし、前に電話をした時、いっしょに泣いてくれたの。

うれしかった。

「自分を待っている人がいる」と、思いませんでしたか？　生きてて良かったでしょう。

私は前に、「これから生きていくには、普通の人より大変なことが、たくさんあると思うけど、感動することもたくさんあると思う」って言ったの、覚えていますか？

昨日は本当に、そう思った。


入院中に、夫が昔からよくコピーをしていた「シェイディー・ドールズ」というバンドのライブにも行ったことがありました。

シェイディーの昔からのファンでもある友人たちが、

「車いすでも、行けるって。大丈夫だから、私たちに任せて」

と、夫を誘ってくれました。

「これからも、いっしょにライブ行こうよ」

とまで、言ってくれたのです。本当にありがたく思いました。

会場に入るまで、階段が何十段も続いていたので、夫の高校時代の友人、小島さんにおぶってもらい、どうにか会場の中に入ることができました。

そして、ファンの友人たちの呼びかけで、夫が昔から憧れていた、シェイディーのボーカリスト・大矢郁史《おおやゆうじ》さんがライブ終了後、夫に会いに来てくれたのです。

高校時代から憧れていた人が目の前にいるのです。

夫は大矢郁史さんの顔をみるなり、姿勢を正し目を輝かせとてもうれしそうな顔をしていました。そんな人と会話ができるなんて、夫は今まで想像もしたことがなかったのでしょう。

あとで、「何を話したの?」と聞くと、「緊張して何を話したのか覚えていない。でも、よかった。オレ、大矢郁史と話をした。握手までしてもらった。今日は手を洗わないよ。オレ、車いすになって初めて良かったと思えた」

あんなにうれしそうな夫の顔を見たのは、幾日ぶりだったでしょうか……。

私の方がうれしくて、涙がこぼれました。

一九九九年八月三十一日　芳行→睦美

八月二十八日はライブに行った。

小島には重労働で申し訳なかったが、ライブは久しぶりだったので、楽しかった。そして帰りには、大矢郁史さんがオレのところまで来てくれた。

頭の中が真っ白になり、うれしいような、恥ずかしいような、ウソのような、夢のような、複雑な気分だった。

十年ぐらい憧れていた男と話をしたのだ。信じられない感じだ。

車いすになって良かったと少しだけ思ったよ。

本当にみんなどうもありがとう。

一九九九年八月三十一日　睦美→芳行

土曜日はライブハウスに入れて、良かったね。お友達のみなさんのおかげです。こうなってみると本当、人の温かさを感じます。

大矢郁史さんともお話しできて、良かったね。

生きていると、良いことあるでしょ。

みなさんのおかげで、入院中にもかかわらず、いろいろな所へ行くことができました。

ありがとうございました。

〔事故から百七十三日目〕

半年に渡る入院生活も、やっと終わりの時がきました。みんなが心待ちにしていた、退院の日が決まったのです。

一九九九年十月二十日　　芳行↓睦美

今日でとうとう退院だ。最初は、三ヶ月ぐらいだろうと言われていた入院生活も、半年近くになった。

初めは一ヶ月が、すごく長く感じられたが、こちらに来てからは、自分で動けれるようになったからか、月日が過ぎるのが早く感じられた。

過ぎてみれば、半年なんか早いと思うが、決して短い期間ではなかった。

本当によくがんばりました。

無休で通い続け、オレを励ましてくれ、世話をしてくれ、ありがとう。

足は使えないままだが、生活をしていく上では、ある程度自信がつき、前の病院の時よりはかなり明るくなった。

これからは「不便なこと」「面倒くさいこと」が多いと思うが、二人でがんばっていこう。

本当にどうもありがとう。

こんな言葉ひと言では足りないぐらいに、いろいろやってくれました。

そして、新婚生活とは、名ばかりの生活で、一人で辛く悲しい日々をたくさん過ごさせてしまったな。また今日から、二人で生活することになり、ケンカも、またまた多くなると思うが、これからも、どうぞよろしく！

一九九九年十月二十日　　睦美↓芳行

今日は待ちに待った退院です。半年間、よくがんばりました。

これからは毎日いっしょです。

よろしくね。

入院したのは春でしたが、今は秋というより、もう冬ですね。

今までツライこと、悲しいこと、寂しいこと、いっぱい、いっぱいあったけど、これからは二人でいっぱい楽しいことを作りましょう。

私は一番大切な人が一番苦しんでいる時、いっしょに何かを感じ、何かをしてあげることができて、本当に幸せでした。

退院おめでとう。

新たな始まり

～穏やかな日々を取り戻すまで～

二人の生活の始まり

両親は事故の当初と違い、とても温かく私たちを見てくれるようになりました。しかし、ここまで私たちを理解してもらうには、時間がかかったことも事実です。始めは車いすで実家に帰ると、母は近所の人に見られないようにと、どうにか夫を隠そうとしていました。

私はそんな母の態度を見て、悲しく思いました。何かどこかで、夫自身を認めていないような、そんな気持ちになったからです。

「一番底辺まで突き落とされた人が、ここまで這い上がってきたんだよ。隠すことではなく、むしろ自慢しても良いことだと思うの」

母にそう言うと、

「そうだね、すごいことだもんね。自慢して良いんだよね」

と、それからは、夫のことを人にまったく隠さなくなり、むしろ自慢するように変わっていきました。

両親にとって、夫が自慢の婿になったことが私は最高にうれしく思えました。

クリスマスには、夫が車いすになってから、初めてライブを開きました。スポットライトを浴びながら、気持ち良さそうに歌っている夫の姿に、私はいろいろな感情が湧き、涙がこぼれてきました。

結婚式で、私にステキな歌を歌ってくれた夫の姿。

二次会でカッコよくライブをしていた夫の姿。

もう二度と歩けないと足を奪われたうえ、術後声までも出なくなり、自暴自棄になった夫の姿。

初めて、私の前で大泣きした夫の姿……。

今までのいろいろな出来事が、頭の中を駆け巡りました。そんな夫が、今はこんなに楽しそうに、歌を歌っているのです。私の目には、夫のその姿が最高にカッコよく見えました。

夫の会社は、車いすでも仕事ができるようにスロープを付け、トイレを改造してくれたりと、ありがたいことにとても協力的でした。

退院後、生活に慣れたら、夫は仕事に復帰しようと考えていましたが、まだ車を改造していなかったので、自分で車を運転することができませんでした。それから改造が済むまでしばらくは、私が夫を会社へ送り迎えすることになりました。

しかしある時、そんな私の姿を見た周りの人から、こんなことを言われたことがありました。

「あなたは、良い奥さんとか、良いお嫁さんとか、そんなふうに見られたくて旦那さんに尽くしているのかもしれないけど、そんなあなたの姿が、旦那さんを苦しめているんじゃないの？　あなたは自分のやりたい仕事に早く戻ることが、旦那さんは一番うれしいんじゃない？」

まさか、周りの人からこんなことを言われるなんて、思ってもみませんでした。

二人の間では、夫が仕事を順調にできるようになったら、私は看護婦の仕事に戻るということで、話はついていました。しかも「良いお嫁さん」なんて言われたくてやっていることではないから、とても悔しかったし、悲しく思いました。

さらに、心無い周りの人たちから、

「これからのこと、不安でしょー」

「将来は、どうやっていくの？」

「車は、どうするの？」

「暮らしていけるの？」

「子どもは？」。

私が不安に思っていることを、次々に何度も言ってくるのです。

子どものことは、夫が入院している時から、二人の大きな問題でした。しかしその時は、子どものことよりも、先に考えなくてはいけないことがたくさんあったので、じっくり考えるのは、退院をしてからにしようと二人で決めていました。

そして夫は退院し、本格的に子どもの問題に取りかかりました。

入院中に、不妊治療専門の有名な病院を紹介してもらっていたので、二人でその病院を訪ねました。

「今すぐには、子どもはできないですよ。子どもを作るには、いろいろな方法がありますが、まず、精子がないことには治療に取り掛かれないです」

先生が言ったことは、当然のことですし、以前から私自身も、そんなこと理解しているつもりでした。

しかし——。

「今すぐには、子どもはできない……」いざ、そう言われると、目の前が真っ白になってしまいました。

今考えると、その時の私には、それを受け止められる心の余裕なんて、もうなかったのでしょう。

周りの人たちから掛けられる言葉や、子どもの問題……、そんなことが、一気にのしかかり、私をどんどん追い込んでいきました。

そして、今までの無理なほどのガンバリもたたり、……私の心は壊れてしまいました。

心の病

私の心はパンクしてしまいました。

涙が勝手に次から次へと溢れ出し、子どもが泣くように、声を張り上げ、ワンワンと泣き始めたり、自分では大声を出すつもりはないのに、ふとしたことで、大声が出たりしていました。

自分の中から魂が抜け出してしまい、カラッポになってしまったようでした。

この時、どうしてこんなふうになったのか、自分の気持ちを思い出そうとしてもよくはわかりません。でも、一つだけ思い当たることといえば、病院の先生から「今すぐには、子どもができない」

「子どもができるまで、長い時間がかかる」

という説明を聞いた時、私には子どもが産めない、私たち夫婦には子どもが授からない、何かそんなことを言われたぐらいとてもショックなことだったということです。

夫は、そんな私にどうやって接すれば良いかわからず、私の両親に電話を掛け、助けを求めました。

「最近、大声を出したり、泣き出したり……、何を言っても泣き止まないんです。もう、僕では……、どうしようもないので、お母さん、こちらへ来てもらえませんか?」

そんな私の様態を聞き、心配でどうしようもなくなった母は、電話を切った後、すぐにこちらへ向かってくれました。家に着くと母は血相を変え、私に近づいてきました。

「どう、なっちゃったの?」

夫は、退院してから今までの事や、最近の私が精神的に疲れていたことを話し始めました。

――そして、私も少しずつ母に口を開き、そのストレスを言い始めました。

こんなことでも、母に聞いてもらうと、心が少しスッキリしたような気がしました。

しかし、そんな心の安定も、母といっしょにいる時間だけの話でした。母がいなくなると、いつものように大声を出し、涙が勝手に出始めるのです。

夫もよほど心配したのでしょう、翌日には私を心療内科へ受診させました。

カウンセリング中も、自分で何を話しているのかわからないのに、涙が勝手にボロボロとこぼれてきました。

「今日はご主人といっしょに来たの？」

夫が診察室に呼ばれました。

「精神的な症状が結構出ていますので、心療内科ではなく、……精神科の病院に行かれた方が良いと思います。まだ精神科の病気ではないと思いますが、大きな病気になってしまう前に、早めに専門の先生に診てもらった方が良いと思いますので」

その足で精神科の病院へ行き、そこでもカウンセリングを受けました。

「今までにも、こういうことあったのかな？」

　そう言えば、夫が入院していた時にも、なぜか涙が勝手にこぼれてきたり、感情のコントロールができなかったことがありました。

「そうなんだ。その時はどうして泣けちゃったの？」

「夫が交通事故で車いすになっちゃって……、悲しかったし、苦しかったけど、だれにも言えなかったから……」

　それから入院中の事や、退院してから周りの人たちに、いろいろなことを言われた事、子どもの事、すべてを話しました。

「そっかー、あまりにも大きなことが一度にありすぎたんだね。人はね、みんな悩みや不安を持って生きてるの。そして、いろいろな感情を外に出さないように、目には見えない心のパワーでセーブしてるのね。あなたの場合は、一度にいろいろなことがあり過ぎちゃって、心のお皿がいっぱいになってしまったんだと思う。もう自分ではセーブしきれないほど、お皿がいっぱいになり過ぎて、感情があふれ出てきちゃったんだね。きっと、あなたは昔からガンバリ屋さんだったんじゃない？　今までも、自分の感情を押さえてがんばり続けてきたんじゃないのかな？　だから今、心が悲鳴を上げてるの。人ってね、泣かないといけない時ってあるのよ。悲しい時や苦しい時は泣いていいの。今は涙のタンクが空っぽになるまで泣いたら、きっとすっきりすると思うわ。あとは、あなたがさっき『お母さんに話を聞いてもらったら、少しスッキリした』って言っていたように、だれかに話を聞いてもらうっていうのも大切なことだよ。まだまだ、たくさん溜め込んでしまったものがあると思うから、お母さんに話を聞いてもらったり、旦那さんに聞いてもらうなりして、今まで溜め込んでしまったものを吐き出してごらん。あと――、心のパワーを充電するために、ちょっとゆっくりしたら？　静養が一番よ」

このカウンセリングを受けてから、心の中の雲が「パーッ」と消えていったような気がしました。

「次は、私が病気になっちゃったね」

と言うと

「いいよ、今度はオレが見る番だよ！」

と夫はやさしく言ってくれ、こんな私に二ヶ月仕事を休み、ずっと付き添ってくれていました。

あとから聞いた話では、会社の社長さんや奥さんが「今は、鎌形がムッちゃんにしっかりついていてあげなさい」と言い、仕事を休ませてくれたらしいのです。

本当にどうもありがとうございました。

このことがあって一年ぐらいは、交通事故の話や、子どものことについて会話をし始めると、感情が溢れ出したり、パニックになって何を話しているのか、わからなくなったりと、「昔のような自分」になるまで、時間がかかりました。

しかしそんな時、いつもとなりで夫が「大丈夫、大丈夫。落ち着いて」と、やさしく声をかけ、支えてくれていました。

こうして、両親・友人・知人そして、何より夫のおかげで私は少しずつ「自分」を取り戻していくことができました。

子どもの問題

脊髄損傷の合併症として、性機能の障害（妊娠、出産に関する生殖機能の障害）を負う人も多く、男性の場合なら、勃起や射精という機能も障害されます。ただ、勃起よりも射精の方が、仕組みが複雑なため、障害の程度も頻度も大きいそうです。それに伴って、快感や妊娠させる機能の障害も起こるのです。

三十歳という若さでこの障害を負ってしまうのは、一人の男性の一生として考えると非常につらく、悲しいことでした。

そして、新婚でまだ、子どもがいない私たちにとって、性機能障害はとても大きな問題でした。

この問題については、夫が入院していた時から二人で泌尿器科を受診し、「子どもの作り方について」詳しく話を聞いたことがありました。

一九九九年八月十日　睦美→芳行

昨日、泌尿器科にかかった。私は人工受精や、体外受精という方法しかないとしても、二人の子どもは欲しいです。でも、できなかったら、しょうがない。これぱっかりは、やってみないとわからないもんね。

来年の秋頃には、お腹に赤ちゃんがいて欲しいな。

一九九九年八月十一日　芳行→睦美

子どものことは問題だ。

オレのことはさておき、オマエは女として生まれてきたのだから、子どもを産みたいだろう。オレが、うまくできればいいのだが、できなければ、体外受精になってしまう。

それでも、できなければ、子どもをもらうことも、考えなければならない。そうなると、オマエは女として、子どもを産むことがなくなってしまう……。

オレの気持ちの中で、いろんなことが入り乱れている。
「歩けないだけじゃないんだ」ということが、重くのしかかる。

夫が退院し、本格的に子どもの問題に取り組み始めた矢先、私の心はパンクしてしまい、不妊治療は一時休止になっていました。

——そして春。

再び、不妊治療を開始することにしました。

以前、先生に言われたように、精子がなければどうしようもないので、まず、夫の治療から始めることになりました。

精子を取るために、お尻から刺激電極を挿入し、電気で刺激し、射精させるという手術を全身麻酔で行いました。

前もって先生からは「この方法でも、射精する人は少ないです」と説明を受けていたので、手術中は、この手術の成功を手を合わせて祈っていました。

夫が手術室へ入ってから、三十分ぐらい経ったでしょうか。手術室の窓口から先生が顔を出し、「鎌形さん、ちょっとこちらへ」と私を呼びました。

ドキドキしながら近づくと

「精子、採れたから」

「ヤッター!!」

うれしくて、何度も飛び跳ねていました。精子はそのまま冷凍保存したので、後日、その精子の状態を説明してもらうために、二人で病院を受診しました。

二人とも、行きの車の中から興奮し、

「精子、採れて良かったね。私なんて、本当うれしくて飛び跳ねたよ。精子は採れたから、次は私の治療だね」

と、子どもの問題に明るい希望を持っていました。

そして診察室に呼ばれました。

「この前採った精子なんだけどねー。精子はいたんだけど……、動いている精子は一匹もいなかったんだ」

「……えっ？」

自分の耳を疑いました。

「一匹も？」

「ご主人のように、脊髄損傷になると、精子の奇形率が高くなるといわれている。奇形といっても、奇形をおこす精子という意味ではなくて、精子の形が正常に比べ、不完全という意味で受精がおきにくい、つまり、妊娠の成功率が低い精子の状態であるという意味なんだ。これから、体外受精をするにも、動いていない精子で行うより、動いている精子でした方が妊娠率も高くなるからね。じゃぁ、これからどうしていけば良いのかというと、睾丸を切って、直接動いている精子を採って、それを使って体外受精をした方が良いと思う。で、その手術を受けるかどうか一度、二人でゆっくり話をして決めてきて下さい」

まさか、こういう結果を告げられるとは、思ってもみませんでした。

「……ごめんな」

「まだ、子どもができないって、言われたわけじゃないじゃん。それに私がまだ、〝完全〟な精神状態じゃないから、きっと、こんなんじゃお母さんなんてなれないよ」

帰りの車の中は、行きとは全く違う暗い雰囲気になっていました。

体外受精の成功率は、普通の夫婦で三十パーセントだと聞きました。私たち夫婦に子どもが授かることは、本当に奇跡に近いぐらい難しいことかもしれません。だけど、どうしても私たちは二人の子どもが欲しかったのです。そのためには、自分たちの体を傷つけてもいいと思っていました。

夫は自分のせいで、子どもができないと苦しんでいましたが、私は夫のせいにはしたくありませんでした。こういうことは、どっちのせいっていうことは、ないと思ったからです。しかし、夫にそう言葉を掛けても自分を責めていました。

そんな夫を見ると、私が夫を苦しめているようで、心が痛くなりました。

人事を尽くして天命を待つ

あるとき、夫と同じような障がいを持っている患者さんの家族に、子どもの問題について悩みを打ち明けたことがありました。

「私はね、なるようにしかならないって思って生きてるの。どうがんばっても、どうしようもないことってあるじゃない。今は流れに身を任せている。だから、鎌形さんのところも自然に任せてみたら？　二人に子どもが必要ならばできるだろうし、必要なければできないだろうし……。そう思うと、どんな結果が出ても、受け止められるよ」

さすが「年の功」というか、人生の先輩は言うことが違うと思いました。

この言葉を聞いてから、今までのように「子ども、子ども」と、そればかりを考えず、少し楽に考えられるようになりました。

そして、「やれるだけのことは全てやってみて、それでも子どもができなければ、しょうがない、あきらめよう」と二人で決めました。

二〇〇〇年四月七日　睦美の日記

「私たちに子どもが必要であればできるだろうし、必要なければできないだろう」と、私も少し考えられるようになった。しかし、よしクンはこの前、病院で言われたことが、ショックだったようで、「うまくいかないなーって、本当思う」って言ってた。

まぁ、やれるだけのことは全てやって、ダメならしょうがないよ。

二人だけの人生も、それはそれで良いのかもしれない——。

これからどうなるのか、あとは神様だけが知っている。


——そして六月。

二人で話し合った結果、今度は睾丸を切開し、直接精子を採り出す手術を受けることにしました。

脊髄損傷で、夫のように完全麻痺なら睾丸はもちろん、切れてしまった神経から下は、全て感覚がわからないはずなのですが、不思議なことに夫は睾丸だけ感覚が残っていました。こんな手術を受けなければ、そのことはうれしい話なのですが……、なんとも、かわいそうなことになってしまいました。

それは感覚のある部分の手術になってしまうので、普通の人が手術を受けるのと同じように「痛さ」を感じる手術になってしまうからです。

案の定、手術中は、あまりの痛さに体をのけぞり、大声を出したそうでした。そのため、麻酔の量も増やされ、手術を終え、病室に戻ってきた時は、酸素マスクを付け、意識もまだハッキリしていないような状態でした。

そんな夫の姿を見ると、こんなことまでして、本当に子どもが必要なのだろうか？　私が一人、子どもができないことで、意地になっているのではないか？　と苦しみ悩みました。

私たちの受精卵

夫の睾丸から直接採った精子は、数匹ではありますが、動いている精子がいました。

「普通の夫婦は『お母さんがお腹を痛めて産んだ子』なんて言うんだろうけど、うちの場合は、お母さんのお腹と、お父さんのタマを痛めて産んだ子どもになるな」と、二人で大笑いしました。

確かにそうです。夫婦そろって痛い思いをして作った子どもなのですから、普通の夫婦が子どもを授かる以上に、うれしさやかわいさは、ひとしおに感じるのでしょう。

――そして次は、私の治療が始まりました。

まずは、自然法から試みることになりました。ホルモン剤の内服と注射で、成熟した卵子を何個か育て、採卵（卵巣に針を刺し、卵子を採ること）をするのです。

自然法の場合は、二、三日に一回病院を受診し、超音波検査や採血をして、ホルモンの測定や卵子の発育のチェックをしなくてはいけませんでした。

しかし、私は卵子があまり大きく育ってくれなかったので、その度にホルモン剤の注射を打たれていました。

仕事で患者さんに注射をすることはあっても、自分がこんなに注射をされるのは始めての経験でした。

こんなときになんなのですが、自分が痛いめに合って、初めて患者さんの気持ちがよくわかりました。

二〇〇一年二月八日　睦美の日記

子どものことは、一月三十一日から病院へ通っています。おしりに注射ばかり打たれてる。内服薬も十日間飲まなくてはいけない。大変です。

夫はいつも病院へついてきてくれています。

「二人の問題なんだから、当たり前だ」なんて、カッコイイこと言ってくれた。

二月十二日に採卵することになっています。赤ちゃんできるといいな。

二人の赤ちゃん。

二〇〇一年二月十二日

やっと卵が大きくなり、採卵することになりました。

これもまた、患者としてオペ室に入るのは初めてでした。

あんなに仕事で見慣れている場所なのに、患者として中に入ると、足がガクガクして、震えが止まりませんでした。

「昨日は下剤効きましたか?」

「よく眠れましたか?」

微笑ながら、やさしく声をかけてくれる看護婦が、本当に天使のように見えました。

「じゃぁ、だんだん眠くなりますよ」

麻酔がかかり、徐々に意識が薄れていきました。

――それから五時間ぐらい経ったでしょうか。

ずっと上向きの体勢で寝ていたので、腰が痛くて目を覚ますと、そこはもう病室でした。

ベットから起きあがろうと体を起こすと、おしっこの管がひっぱり、なんとも言えない違和感を感じました。

全てが初めての経験で、痛みとの戦いと緊張の連続でしたが、なんとか、この採卵で三つ卵が採れました。

二〇〇一年二月十五日

胚移植（受精卵を子宮に返してもらうこと）をするため、再び病院を受診しました。

採卵から、この胚移植の日まで

「卵三つ採れたから、三つ子だったらどうする？」

「楽しみだな」

と、かなりワクワクしていました。

この日は、夫に病院まで送ってもらい、胚移植後、また迎えに来てもらうことになっていました。

私は受付を済ませ、その時間がくるまで待合室で待っていました。

「今から私のお腹に、大切な卵が返ってくるんだ」

そう思うと、なんだかくすぐったい感じがしました。

すると、予定の時間よりも早く診察室に呼ばれました。

――なんか、イヤな予感……。

なぜか、胸騒ぎがしました。

「鎌形さんねー、今日、胚移植の予定だったんだけど……、やっぱり、精子が少なすぎてね。顕微受精で受精卵を作ろうと試みたけど……、どうも卵が上手に育たなくってな。今回は胚移植やめておきましょう……」

……すごく悲しかったし、残念でした。

涙をこらえて、病院の駐車場まで走っていきました。

——夫はまだそこにいました。

「おう、どうした？　オレ、今トイレ済まして車に乗ったばっかり……」

私の今にも泣き出しそうな顔つきに、夫の言葉は止まりました。

「……どうした？」

「今回は、やめた方がいいって——」

こういうときは、我慢しないで泣いていいんだ——と思った瞬間、涙がボロボロこぼれ落ちてきました。

しかし、夫は強かったです。

「そんなに弱い卵だったら、お腹にかえしてもらっても、流れちゃうだけだよ。だったら、最初から返してもらわない方がいいよ」

夫の言うことは確かにそうでした。そうなのですが、このときの私はまだ、そんな風に考えることができませんでした。

「もうちょっと待って。もう少ししたら、そう思えるから——」

車の中で泣きじゃくりました。

しかし、その時は強く見えた夫でしたが、二、三日すると、ショックで暗くなっていました。

「オレの精子が少ないことで、また、オマエに迷惑をかけてしまった。悲しい気持ちにさせてしまったな。またオレか？　っていう気持ちだ」

確かに、今回は夫の精子が少なかったことで、ダメだったかもしれません。

しかし、私は子どもができないことを、夫のせいにはしたくありませんでした。

そんなに子どもが産みたければ、夫と別れてしまえばいいのだと思うし、注射が痛くてイヤだと思えば、この治療を止めればいいことだと思うからです。

全て止めることはできるけど、そうしなかったのは自分であり、夫と二人でがんばっていこうと決めたのも自分なのです。

これは私が選んだ道なのだから、だれのせいにもしたくありませんでした。

最後のチャレンジ

私たちは、もう一度、自然法で体外受精にチャレンジしました。

この時の採卵では卵子が二個採れ、そのうち一個は受精卵になりました。しかし、子宮内膜の状態が良くなかったため胚移植はできず、受精卵はそのまま冷凍保存してもらうことになりました。

普通胚移植をしてから、受精卵を着床しやすくするために膣坐薬や貼薬、内服薬……とたくさんのホルモン剤を使用しなくてはいけません。一つの受精卵をかえしてもらうたびに、これだけの薬を使っていては、これから想像もつかないほどの薬を使うことになってしまいます。

私は自分の体の負担も考え、もう少し受精卵の数を増やしてから、胚移植をしてもらうことにしました。

そして、私たちは三度目の体外受精をすることにしました。

そう、これは二人で決めていた最後のチャレンジになるのです。

——その治療は二〇〇一年八月から始まりました。

今回行う体外受精は、自然法よりも多くのホルモン剤を使いました。

月経終了後から、ホルモン剤の内服と点鼻薬、抗生剤の内服が始まり、その九日後から、採卵前日までの十二日間は、毎日ホルモン剤の注射がありました。

毎日の注射は、苦痛以外のなにものでもありませんでした。

そのホルモン剤の作用で、私の下腹部は日に日に張り、言いようのない違和感を覚えていました。ひどい人になると、卵巣が腫れ上がってしまったり、水が溜まってしまう人もいるらしいのです。そんな副作用と戦いながらも、不妊治療に取り組んでいる人もいることを聞くと、毎日の注射で弱音を吐いていた自分が恥ずかしくなりました。

二〇〇一年九月十九日　採卵の日

今回は私が採卵した後に、続いて夫が手術をし、動いている精子を直接取り出して、そのまま顕微受精させるということでした。

まず先に、私が採卵をするために手術室へ入りました。手術室は何度入っても緊張し、本当にイヤな所でした。

三度も麻酔をかけていると効きが悪くなるのか、この日の採卵は「痛かった」です。針を刺した時に、あまりの痛さで目が覚めてしまったのです。

両足は動かないように、ひもで固定されていたのですが、その痛さで思わず足をバタつかせてしまい、周りの看護婦が慌てて私の足を押さえました。私は頭の中で「これが最後だ」と、自分に言い聞かせていました。

なんとか採卵は終わり、十個の卵子が採れたということでした。

病室に戻ると、夫が待っていました。

「よくがんばったな。今度はオレの番だ。行ってくるよ」

次は夫が手術室へ入っていきました。

この日は、二人のがんばりもあり、五つの受精卵ができました。

二〇〇一年九月二十二日　胚移植の日

「前回と同じように、胚移植ができないって言われたらどうしよう……」

待合室でも、不安でいっぱいでした。

「鎌形さん、中へお入りください」

期待半分、不安半分で診察室へ入りました。

「今回、受精卵は五つできたのですが、成長具合があまり良くない卵もありまして……、最終的に、お腹にかえすことのできる卵は三つです」

「三つ？」

十個採卵したうちの三つと考えると、少ないような気もしましたが、考え方を変えると、五個の受精卵のうち、三個もりっぱな卵に育ってくれたのです。

「ヤッター!!」

心の中で密かに叫びました。

うれしくてうれしくてたまりませんでした。

「……この卵で、……一番順調に育っているのは、……一つだけです。あと二つは少し成長の速度が遅いです……。しかし、お腹の中にかえしてから、順調に育っていく卵もありますからね」

この日私のお腹に、三個の受精卵がかえってきました。私はこの日から気分はすっかり妊婦さんでした。

私たちは以前、三つ子なんて二人でとても育てていける自身はないから、もしそうだったら、一つはかわいそうだけど、堕胎しようと言っていたことがありました。

しかし、いざ自分のお腹に卵が三つかえってくると、そんなこと、とても考えられませんでした。

「子どもが欲しい」という自分たちの勝手な都合で、受精卵を三つ作っておいて、「三つ子だったら大変だから」と、また自分たちの勝手な都合で、「いのち」の選択をするなんて……。むしろ大変だけど、二人でがんばって三つ子を育てていこうという気持ちになりました。

毎晩、夫が仕事から帰ってくると、二人でお腹をさすりながら

「三つ子だったら、名前は何にしようか？　三人とも男の子だったりして」

この時だけは、母になったような幸せな気持ちでした。

一度目の妊娠判定日

おしっこの検査をすると、(±) の判定。

「まだ、おしっこの結果が弱いから、来週もう一度、妊娠判定をしましょう」

(まだ弱いか……。パパもママもがんばったから、あとはあなたたちが、がんばる番だよ) とお腹をさすりました。

それから、私の体は妊娠の徴候が出てきました。いつもは大食いの私が、なぜか食べれないのです。人ごみの中に入ると、クラクラするし、気持ちが悪くなったり……。

「もしかしたら？　本当に妊娠したんじゃない？」

私は看護学生の時、実習で使った「初めての妊娠と出産」という本を、押し入れから出し、パラパラとめくってみました。

ムカムカする、眠気、体がだるい……。

「あるある、当たってる。これは妊娠したのかも」

ますます私は妊婦気分になり、次回の判定を待ちどおしく思っていました。

期待していたらダメだった時、余計悲しい想いをするから、自分では変に期待しないでいようと思っていたのですが……、これだけ妊娠と同じ徴候があると……、わかっていても期待してしまっていました。

二〇〇一年十月十日　二度目の妊娠判定日
待合室でいると、不安と期待でドキドキして、心臓が口から飛び出してしまいそうでした。

結果を知りたいような、知りたくないような……、まるで、受験生が合格発表でも見に来たような心境でした。

「神様、本当に神様がいるのなら、これ以上、私たちに悲しい試練なんて与えないですよね……」

あとは、神様に祈るだけでした。

「鎌形さん、中にお入り下さい」

診察室へ入ると、いつもと看護婦さんの顔つきが違っていました。

「……ちょっと、ダメみたいなんだ……」

医師が残念そうに言いました。

「――ダメ？」

何も考えられませんでした。

悔しいとか残念だとか、そんなことすら思えないほどでした。

「こういう時は、人ってどんな顔をしていればいいの？」

私は看護婦さんの前では平然をよそおっていました。

車に戻り、一人、放心状態になっていました。すると、涙がボロボロこぼれ落ちてきました。

「だから期待しない方が、良いっていったじゃん」自分で自分に言っていました。

隣の小児科から、子どもをあやしながらベビーカーを押しているお母さんの姿が、目に入ってきました。

「――いいな。子どもがいて」

私の口から、ボソッと本音が出ました。

人の幸せをねたんだり、うらやましがる、そんな心は持ちたくなかったので……。

こんな自分が、たまらなくイヤでした。

二人で「体外受精を三回やってみて、それでも子どもができなかったら、あきらめよう」と決めていたはずでした。

しかし、最後の不妊治療に取り組み始めると「もし、これで子どもができなかったら、本当に私たちは『お父さん』『お母さん』になれなくなる」

そう思うと、正直、治療を止めるということに、しぶり始めていました。

しかし、こんなに期待したり、喜んだり、悲しんだり、泣いたりして、私はもうこれ以上、心を痛めたくありませんでした。

あと一つ、冷凍してある受精卵をかえしてもらったら、終わりにしよう。その一つが、もしダメだったとしても、不妊治療はもうしない、きっぱりあきらめようと心に決めました。

私たちが不妊治療に取り組んでいたことは、夫の会社の社長さんも知っていました。

もちろん、私のお腹に卵が三つかえってきたことも知っていたので、残念な結果になってしまいましたが、報告をすることにしました。

するど、こんな言葉をいただきました。

「『子は鎹《かすがい》』というが、あえてオマエたちに子どもは必要なのかな？ と思う。子どもは二人の愛の結晶なのかもしれないけれど、そればかりにこだわらないで、『ふたりらしい人生』を送ってみてはどうだろうか」

そうなのです。二人の間を、つなぎとめるといわれる子どもがいなくても、二人でこんなに、いろいろなものを乗り越えてきていました。

たった三年の夫婦関係でも、知らないうちに、二人の絆は深く、太くなっていることに気付きました。

私たちは、これから夫婦ふたりだけの家族になっても、私たちらしい人生を歩んでいこうと思います。

私たちがもらったもの

私の友人で看護婦のナベは、夫が入院した時から、私たち二人をとても心配してくれていました。

そのナベから以前、こんな話を聞いたことがありました。

「義姉ちゃん、ムッちゃんと同じ年なんだけど、腎臓が悪くてね。今、透析をして何とかがんばってるんだけど、前みたいな元気な体に戻るには、もう、腎移植しかないって言われたんだ。義母さんから、一つ腎臓をもらうっていう話が出たみたいなんだけど、『お母さんの体を傷つけてまで、元の自分の体を取り戻すなんて……』、何か、考えちゃう』って、腎移植を受けることに躊躇してたの。でもね、あんたたち二人の話をしたら、『ムッちゃんの旦那さんはリハビリをしても、もう昔のように歩くことはできないって言われたのに、がんばってるんだ。私は腎移植をすれば、昔みたいに元気になれる可能性があるのに……。お母さんには痛い思いをさせちゃうけど、私……、その可能性にかけてみようかな』って言ってた」

最終的には、腎移植の手術を受ける決断をしたということでした。

私はその話を聞いた時、とてもうれしい気持ちになり、すぐに夫に話しました。

「こんなオレでも、人の役に立てれるんだな……」

夫は義姉さんの決断に、間接的にでも関われたことが、たまらなかったようで、すごくうれしそうな顔をしていました。

もしかしたら、その決断を夫が後押ししたのかもしれませんが、私は義姉さんの勇気ある決意（一歩）に感動しました。

私たち夫婦を見て、何かを感じてくれる人がいるということは、うれしかったですが、本当はそんな人達から私たちの方がパワーをもらっていたように思います。

これからもいろいろな人と、そんな係り合いができたら幸せに思います。

ふたり

私たち二人が、他の夫婦と少し違うところは、「互いに甘えない」ということでしょうか。特に夫は、そういう信念みたいなものが強いです。夫の負けん気の強い性格を知らない人に、夫が車いすになったことを言うと、

「お風呂は入れてあげてるの？」

「トイレは介助がいるんでしょ？」

「車の運転は、奥さんがいつもしてるの？」

……まだまだたくさんありますが、私はよくこんな言葉を言われます。

しかし、夫は私の手を借りず、全て一人でやっています。と言っても、さすがに

高い所にある物を取るだとか、そういう無理なことは私が手伝っています。

「やれることは自分でやる。夫がどうしてもできないことは、私がやる」

そんなことが二人の間で、暗黙の了解になっているのです。

そしてもしかしたら、歩ける夫婦の旦那さんよりも、いろいろ手伝ってくれるのではないかと思うほど、自分でできることを見つけ、家事労働まで助けてくれます。

たとえば、休日にごはんを作ってくれたり、布団を敷いてくれたり、洗濯物をたたんでくれたり……、ささいなことかもしれませんが、夫は自分の残された機能を使って、私を助けてくれるのです。

こう言うと、私が夫に甘えてしまっているようですが……（実際はそうなのかも？）。

まさしく、「二人でひとり」という感じなのです。

私が自分でやってしまえば、早く終わることかもしれませんが、私は夫が自主的にやろうとしたことには、手を出さないようにしています。

それは決して、同情でいっしょにいるわけではないからです。だから夫は、私に変に気を使ったり、言いたいことを我慢したりということは全くありません。

「オレは車いすになっただけで、あとは何一つ変わっていない」

と言うぐらいなのです。そして以前のように、私に対してかなり厳しい意見も言います（もちろん私もです）。

そんな対等な二人だからこそ、良い関係が築けているのかもしれません。

しかし、私のどこを見てそう言っているのかわかりませんが、こんなことを言う人がいます。

「よくできた、良い奥さんね」

そして、そういう人たちは決まって次にこう言います。

「若いのに、大変な結婚になったね。かわいそうに」

と、あわれんだ目で私を見てくるのです。

私は夫が車いすになっても、結婚していたから仕方なく夫といっしょにいるわけではありません。

私は私の人生に、今の夫が必要だからいっしょにいるだけなのです。

私は決して良い人ではないし、かわいそうな人でもありません。

夫は確かに車いすになり、不自由になってしまいましたが、このことがあったからこそ、私たちは夫婦らしくなったのだと思うのです。

今は嵐も過ぎ去り、二人で穏やかな日々を送っています。

私たちは一度なくした、この「穏やかな日々（平凡）」を取り戻すまで、長い時間はかかりましたが、このことがあったからこそ、この「平凡」を続けていく難しさを知り、その大切さを知ったように思います。

二人でご飯を食べたり、二人で布団にくるまったり、二人で旅行に行ったり……、そんな当たり前の生活が一番の幸せだと感じています。

そして、なにより今のこの幸せは、友人・知人・両親たちの支えや励ましのおかげだと思っています。

私たちは、これから夫婦ふたりの時間を大切にし、今のこの平凡な毎日が続くように努め、大切にしていきたいと思います。

よしくん、いつまでも仲良し夫婦でいようね。

私――看護婦として――

毎年、結婚記念日に言う言葉があります。「結婚してまだ○年しか経ってないの？」確かにこの何年間で、本当にいろいろなことがありました。

しかし、いろいろなことを感じ・考え・いろいろな人と出会えたことも事実です。夫には大変申し訳ないのですが、私は看護婦として、この何年間の出来事はとても勉強になったと思っています。以前は「患者や家族の身になって看護をする」こんな理想を持って仕事をしていました。しかし、自分の身にこういう出来事が起きて、初めてそんな人たちの気持ちがわかったように思います。

正直以前の私は、どこまでその人たちの身になって考えることができていたのか……。


今回のことがあって考えさせられました。

患者さんのすぐ近くにいれたこと
患者さんの本音が聞けたこと
家族の気持ちがわかったこと……

まだまだありますが、こんな貴重な経験は普通に仕事をしていても、なかなかできる経験ではありません。

私はこの貴重な経験を、これから看護婦の仕事に少しでも生かしていきたいと思っています。

こんな若輩者が恐縮ですが、この体験を私一人のものにするのではなく、友人の看護婦や、年輩の看護婦の方たちにも、患者の本当の気持ち、家族の気持ちを、少しでも理解していただき、皆様のさらなる良い看護の肥やしにしていただければ、うれしく思います。

学生の頃の私は、何に関してももっと欲深く生きていたように思います。

そして、楽しいことや、幸せの答えを見つけようと必死でした。

しかし、今思うと、幸せってけっこう自分の足元にあることがわかりました。

今はどんな形にしても、看護婦として仕事ができることを幸せに思っています。

最近自分で、「私は看護婦という仕事が、大好きなんだろうな」とつくづく感じています。

私は、これが自分らしい生き方なのかなと思っています。

あとがき

親愛なる睦美へ

鎌形芳行

五体満足で生まれ、死ぬ直前まで決して歩んできた人生を振り返らず、死ぬ間際に人生を振り返り「やれるだけはやった。まぁ、こんなもんだろう」と思い、笑いながら死んでいくのがオレの夢だった。泣きながら生まれてきたのだから、笑いながら死んでいきたいと思っていた。

しかし、事故後「一生歩けない」という言葉に縛られ、「あぁ、あの時はこうしていれば良かった」「もっといろいろやっておけば良かった」という、どうしようもない後悔の念が心にへばりついて離れなかった。

明けても暮れても、そんなことばかり考えていた。

睦美は看護婦という仕事柄、一般の人よりは体の専門知識を身に付けてしまっていたから、オレが想像するよりも、はっきりと明確につらい現実や未来が見えていて苦しんでいたんだろうな。

先々のことを考えて苦しむ睦美に対し、オレは振り返って苦しむばかり……。

なかなか前を向くことができない自分が、だんだんと嫌になってきた。


リハビリをやれば、歩けないにしても立つことぐらいはできるだろうと安易に考えていたんだけど、予想をはるかに越えた現実が待っていた。

「歩けない」だけではなく、

「高い所の物が取れない」

「起き上がれない」

「服が着れない」

「くつ下が履けない」

「落ちたものが拾えない」

「ウンコやおしっこが出せない」

「ウンコやおしっこが勝手に出る」

今まで当たり前にできていたことが、できない、見つからない。

正直、かなりあせったよ。

どうやって生きて行くんだろうって。

そんな矢先、「親は『離婚しろ』って言っている」と聞かされた時、悲痛な叫びが体中をこだました。

「お願いだから、これ以上オレから何も奪わないでくれ」って。

でも、どちらかが障がいを負ってしまうと、離婚する夫婦が多いということを聞いていたから、遅かれ早かれ出てくるであろうとは思っていたよ。まさか、入院してすぐに、その問題に直面するとは思ってなかったけど。

「お前じゃ、うちの娘を幸せにできん」と太鼓判を押された気分だった。

でも、睦美は当たり前のように

「二人でがんばっていこうよ」

と言ってくれた。

涙で心に湖ができるほど、うれしかった。

しかし、一人じゃ何もできないオレは
「オマエの人生を巻き込んで良かったのだろうか？」

「苦しみ以上に幸せを与えれるのだろうか？」

「オレたちに本当の笑顔は戻るのだろうか？」

「苦労をかけまいと、こちらから『離婚しよう』と言うのがやさしさなのだろうか？」

「沈みゆく船に、このままオマエを乗せておいて良いのだろうか？」

という、とまどいの気持ちでいっぱいだった。


何でオレ、生きてんだろう？

何でオレ、笑ってんだろう？

何でオレ、男なんだろう？

もう、いいじゃないか、そんなことどうでも……。

希望の光が見えない現実に、生きる望みなどなく、破滅への道を選択し始めていた。

人に迷惑や心配をかけてまで生きるより、いっそのこと死んだ方がマシだと思えてきた。

　今、オレが死んだとしても、一時的に悲しみは残るかもしれないが、それは時と共に薄れていくだろう。それにオレがいなくなることで、睦美は親との関係を壊すことなく自由の身になれる。

　真っ暗な部屋で、眠れない日々を送るオレにとっては、「死」というものがとても美しく心地良いものに感じられた。

　筋力が低下しているのを忘れていたオレは、必死にベッドから起き上がろうとしたんだけど、結局、起き上がれなかった。

　死ぬという権利すら邪魔をされているような気がして、さらに生きていくことが嫌になった。

　そんな心境で毎日を過ごす中、「友だちや会社の人たちがとても心配している」と聞いた。気分転換と情報収集を兼ねて、家族以外の人とも面会することにした。

　でも、オレのシナリオ通りにはいかなかった。

「一生、車いすなの？」

「リハビリすれば、歩けるんでしょ？」

「住む所はどうするの？」

「仕事はどうなるの？」

「奥さんまで仕事を辞めて、どうやって生活していくの？」

……。

毎日繰り返される同じような内容の質問は、心配してくれているというより、疑問に思ったことを一方的に問いかけてくるだけのように思えた。

どうやって人と接すれば良いのか、わからなくなってきた。

朝から晩まで、いろんな人がごった返す病室の中で、心を鷲づかみにして、しぼり出した苦肉の笑顔で、人と接するしかなかった。

錯乱する精神状態の中、まわりからは追い討ちをかけて、

「がんばれ」

「前向きに」

「夢を持って」

「歩けないだけ」

「元気を出して」

情け容赦なく言葉の爆弾が放たれた。

元気づけようとかけてくれた言葉も、不本意に感じられ、反発心という名の闘志が芽生え始めてきた。そして人からかけられる言葉に対し、過剰なまでに反応するようになっていった。

予想外の「言葉の障害」に、イラ立ちが募るばかりだった。

「何でオレがそんなことを言われなければならないんだ」

「何でオレが歩けないんだ」

「もっと悪いことをしている人が、歩けなくなればいいんだ」

「何が平等だ」

不安感・絶望感・失望感は現実に対する「怒り」へと変わっていった。

そして怒りの矛先は、睦美に向けられた。

ある日。

「人間って、みんなそれぞれ使命を持って生まれてきたと思うの。よしクンにはよしクンの使命があり、私には私の使命があって——、」

「オレは歩けなくなるために生まれてきた、それが使命なのか？　じゃぁ、悪い事ばかりする人は、悪い事をするのが使命なのか！　そんなのおかしいだろう！」

「そうじゃなくて、この人なら強いから障がいを与えても大丈夫だと思って、神さまが与えたと思うよ」

「オレが強い？　オレより強い人間なんか、いくらでもいるだろう。何でオレがそんなもの与えられなければならないんだ。そうやって人間は、生きることや何かに対して、理由や意味を付けたがるんだよ！　だいたい、何でオレが前向きに生きなきゃならないんだ！　夢を持って？、がんばれ？　がんばってるじゃないか。やる気のない気持ちを奮い立たせて、がんばってるじゃないか！　これ以上、何をどう、がんばればいいんだ！　障がいを負ったからといって、きれいな言葉でオレを飾り立てるな！　オマエたち歩ける人間は、人を見下したようなことばかり言いやがって。歩けるのが、そんなに偉いのか？　歩ける人間が歩けない人間に対して、軽軽しく『歩けないだけ』なんて言うな！　歩けない人間の気持ちなんか、わからないだろう！」

「使命」という言葉を引き金に、溜め込んであった気持ちが、次から次へと溢れ出てきた。

今までのように、笑いながら冗談交じりで少し嫌味っぽく言うことができたら、良かったんだろうけど、八つ当たりという形でぶつけてしまった。

そして、睦美の日記に「何も力になってあげれなくて、ごめんね」「苦しみをわかってあげれなくて、ごめんね」と書かれた文字を見るたび、イラ立ちを越えた、悲しみが込み上げてきた。

「一番やってはいけないことを、一番やってはいけない人にやっている」ということに気付いたオレは、自己嫌悪におちいっていった。


ある日、リハビリを終え、ふと驚かそうと思いつき、何十分もかけて、病院の玄関まで車いすをこいで行った。(何で、ジロジロ見るんだ!)と思いながら、しばらく待っていた。

すると、やや下を向きながらトボトボ歩いてくる睦美が見えてきた。

(早くオレに気付け、ビックリするぞ!)とその瞬間を待っていた。

オレを見つけるやいなや、満面の笑みを浮かべ、着替えとバスタオルがいっぱい入った大きな紙袋を二つ両手に持ちながら、小走りで近づいてきた。

「すごーい！　一人でこいできたの!?」と、少々興奮気味だった。

通り過ぎる人は、哀れんだような目で見てくるのに、睦美はとびきりの笑顔で、オレを迎え入れてくれた。

オレが生きてこの場所にいることで、喜んでくれる人がいるんだと、うれしく思えた。そして、生きるとか死ぬとか、そういう難しいことではなく、ただ単純にこの笑顔をずっと眺めていたいと思った。

今日死ぬのはやめて、明日にしよう
明日死ぬのはやめて、来週にしよう
来週死ぬのはやめて、来年にしよう

「死ぬ」ことに対して、今、答えを出すのはやめることにした。

もし、一年経っても「生きたい」という気持ちより、「死にたい」という気持ちが上回るのであれば、その時は「死」を選ぼうと思った。

それからは、「死」を直視することは少なくなったが、今を生きる活力のようなものはなかった。

佐藤先生や睦美の言っていることは、よくわかる。言われたことや現状を理解して、脳は手際よく淡々と指示を送るのだが、心が拒絶反応を起こして、それを受け入れようとしない。

心の柔軟性など持ち合わせていなかった。

オレの心の中には「歩けない自分」と、三十年間歩けていたという「もう一人の自分」が存在していた。

「歩けない自分」は、少しずつ前に進もうとするのだが、「もう一人の自分」は記憶を呼び戻し、それを邪魔する。

そんな頃、次の病院へ転院した。

下見に来た時は、あまりにも車いすの人が多いことに驚いたが、「これからは自分も車いすなんだ」ということを現実としてとらえ、自覚しなければならない。

車いすという現実。

「障がい」「車いす」というものを、別世界のことだと思っていたのだろう。その世界に自ら足を踏み入れなければならない。

「妄想や心の旅はおしまい。心の目をよく開いて、現実を受け入れなさい」と言われているかのようだった。

「一生歩けない」

「何でオレが」

現実と過去の記憶の狭間で、あがき、もがいていた。

障がいを負ったということで、「人に迷惑をかけて生きている」「謙虚にならなければならない」と思い込んでいた。

何とか、この狭間から抜け出せないものかと考えて、気分転換にシェイディー・ドールズのCDを聴くことにした。もちろん気分転換になるどころか、過去の記憶が鮮明によみがえり、苦しむのはわかっていた。だけど、中途半端な位置で自分の心がさまよっていることが嫌だった。

十代の頃、精神的に弱い自分がとても嫌いで、何とか変わりたいと思っていた。そんな頃、「シェイディー・ドールズ」というバンドに巡り会った。初めは気が向いたら聴く程度だった。ある時、歌詞カードを見ながら曲を聴いていたら、大矢郁史という人が書く詩の奥深さを知った。それからはCDを聴きまくったのはもちろんのこと、物事のとらえ方や取り組み方、考え方や生き方が少しずつ変わっていき、「本当の自分」「本来あるべきの自分」を見つけることができた。

そんな思い入れのあるバンドの曲だから、本当の自分を取り戻すための「何か」を与えてくれるんじゃないかって。

「もう一人の自分」が過去の記憶に引きずり込もうとするのなら、こちらから向かって行けばいい。そして、これ以上振り返れないという所まで戻って行ったら、少しずつ今に向かって進めばいい。まずは、体のリハビリより心のリハビリ。そう思った。

それ以来、少しずつではあるが、心から人と話せるようになり、生活面での不安などは、リハビリの先生や車いすの人たちにアドバイスをもらい、徐々に取り除かれていった。

ある日、毎日休むことなく病院に来てくれる睦美を見て「コイツ、オレと居て本当に幸せなのかな?」と思った時があった。日に日に疲れた顔になっているのが心配だった。

「今のオレにできることで、何があるかな?」と何日か考えた。なかなか良い案が見つからなかったが、以外にも簡単な答えだった。

「あっ、そうか。早く退院すればいいんだ」ということに気付き、感傷にひたっている場合じゃない。そう思った。

「早く退院すればいい」

どうして今まで思いつかなかったんだろう。


その日からリハビリを意欲的にやりだした。

リハビリの先生が「しばらくは、これを一〇〇回やってください」と言うと、次の日は一〇一回、その次の日は一〇二回と筋肉が早くつくように、自分で回数を増やしていった。「今日は一〇三回、一ヶ月後には一三〇回。一年後には四六五回!?げっ、何時間かかるんだ」とバカなことを考えながら、とにかくがむしゃらにやった。

そうこうしているうちに、退院の日を迎え、新婚生活は再スタートした。

いっしょに食事をしたり、話をしたり、散歩に行ったり……、すごく楽しいのだが、心の中にずっと「睦美はオレといて、本当に幸せなのかな?」というわだかまりがあった。

そしてある日、「また今日も残業で遅いのかな?」と思いながら、食器を洗っていた。「あっ、そうだ。布団でも敷いといてやるか」と初の試み。そして何十分もかけて完了。

押入れにしまうことはできないが、出すことは何とかできるなと新しい発見をした。

睦美は帰ってきて、敷いてある布団を見ると
「あれっ、私今日、布団出しっぱなしで行った?」

と一言。少しがっかりしたが
「オレが敷いたんだよ!」

と言うと、飛び跳ねて喜んだよな。それを見て気が付いた。

まわりは歩けなくなったオレに対して「ゼロからのスタート」だと思えって。でも、理解できなかった。

できていたことができなくなったのに何でゼロなの?

ゼロじゃなくて、「マイナスからのスタート」だろ？

そう思ったら、少し気が楽になってきた。

歩いていた時にできたことで、今できないことはやらなければいい。

歩いていた時にできたことで、今もできることはやればいい。

歩いていた時にできたにも関わらずやらなかったことで、今できることはやればいい。

人生全体で、プラス・マイナスゼロにすればいいと思った。

そして障がいを負ったことで、良くも悪くも変わるのではなく、「一生共に生きよう」と思って結婚を決意した「今までの自分」を貫くことが、共に戦ってきてくれた睦美への恩返しだと思った。

想像してみてよ。オレが障がいを負ったからといって、「何事にも、前向きにがんばるよ」なんて言ってたら、気持ち悪いでしょ？

オレもそんな言葉ばかり口にしてたら、歯がかゆくなるよ。

入院中や今でも、「前向きに」「夢を持って」「がんばれ」という言葉をよくかけられる。

障がいを負った人に対する社交辞令なのだろうか？

そんな言葉を耳にするたび、「障がいを負った人だけが、前向きに夢を持ってがんばらなければならないのだろうか？」と考えさせられた。

休みの日、家にいようがものなら、「お前、暗いなぁ。休みの日ぐらい外へ出たら」と叱咤された。

家の中で音楽を聴いたり、本を読んだりすることは暗いことなのだろうか？

逆に、何で車いすになったからといって、外出ばかりしなければならないのか疑問に思った。

「お前より、もっと重い障がいを持った人ががんばってるんだよ。お前は手が使えるんだから、幸せだと思ってがんばらなきゃ」

自分よりツライ境遇で戦っている人を見て「自分は幸せだ」と心から思える人は、

世の中にどれぐらいいるのだろう? また、なぜ自分が誰かと比較される時、必ずといっていいほど、相手は障がいを持った人なのだろう? 不思議だった。

ライバルは他の誰でもなく、自分自身だ。自分の中にある「甘さ」と戦い続けるのが、「がんばる」ということだと思う。

障がいを負った人に対して、「障がい者」という言葉で一緒くたにくくり、健常者側の価値観を押し付け、きれいな言葉でフタをして、床の間にでも飾られているような気分だった。

まわりや自分との考え方やとらえ方が、かさなることがなく、まどろっこしさを感じていた。

そんなある日、大好きだったバンド、「シェイディー・ドールズ」が解散した。

その後、ボーカルの大矢郁史さんは、「フラミンゴクラシックス」というバンドで音楽活動を再スタートした。

「名もなき花」という曲があり、初めて聴いた時、歓喜の涙があふれ出てきた。

歩けなくなり、絶望感と戦いながら魂を奮わせ、自分の心にいろんな言葉を投げかけ、今までやってきた。「お前の人生なんだよ。迷わず突き進め」と後押ししてくれているような詩だった。

もちろん、オレのことを書いてくれたのではないが、とてもうれしかった。自分のやってきたことを認められたような気がして。

それからは、歩いていたときのように、人の言うことに、いちいち聞き耳を立てず、自分らしく生きようと思った。

オレたちには、結婚前からいろいろな不幸が襲いかかってきた。お袋が倒れたこと、妹の事故、歩けなくなったこと、睦美が入院したこと、愛犬が手術したこと、睦美の親父さん・お袋さんが手術をしたこと、オレの実家が東海集中豪雨で浸水したこと……。

でも、睦美といっしょだったから、戦ってこれたと思う。

今回の事故で看護婦という立場から、患者の家族という立場に変わった。

その中で感じたことなどを、医療現場にフィードバックして、より良い看護のために生かして欲しい。

そして、自分の求める看護の質を向上させていって欲しい。

それから、障がいを負ったことを無駄にしないためにも、オレの心と体をも利用して欲しい。

だって、動かない足を動かないだけにしておいたら、もったいないでしょ。

使えるものは使って、利用できるものは利用してよ、夫婦なんだから。


睦美は健康上、「このまま、タバコを止めたら」と言った。タバコは障がいがあるないに関わらず、健康に良くないのはわかる。

だけど、障がいを負ったことをきっかけに、あれもこれもできない、止めたというのでは障がいに負けているように思える。自分がやりたいと思うことで、物理的にできなくなったことはあきらめるか別の方法を考える。

でも、できることまでは止めない。

オレの体の主はオレであり、障がいではない。心の主導権まで握らせたくないでしょ、新入りの障がいクンに。でも、困ったことに、よっぽどオレの体の居心地が良いのか、出ていく気配がいっこうにない。仕方ないから住まわせてやるよ、障がいクン。

入院しているとき、「私に負い目を感じないで生きて欲しい」とオレに言ったが、今でも負い目は感じている。オレにとっては多少負い目があった方が良いと思う。負い目がある分、人よりも一つでも多く幸せを与えたいと思うから。お金で買える「幸せ」を与え続けることは金銭的に無理だから、お金じゃ買えない「幸せ」を、与え、与えられ、共に積み上げていきたいと思う。オレは「歩いていた時の方が幸せだった」と睦美に思わせないためにも、今が幸せであり続けられるように、努力するよ。

障がいを負ったことで、いろいろなものを失った。
歩けなくなったということは、決して幸せなことではない。
しかし、車いすになったことで、十数年憧れ続けている大矢郁史という人に、自分の存在を知ってもらえた。名前がうろ覚えであっても、「車いすの」と言えば伝わるでしょ。それぐらいインパクトあると思うよ、車いすって。

そして、「人生の分岐点において、何度も助けられました。ありがとう」ってお礼の気持ちを伝えたかった。

あと、睦美との人間関係も深まったと思う。

「夫婦だから」「好きだから」という単純なことではなく、人として。

オレはこれからも、以前と変わることなく生きて行くよ。唯一変わったことといえば、歩けなくなったことぐらいかな。あとは何ひとつ変わってな……、あっ、忘れてた。腕が太くなったことを。

いろいろ心配をかけて、ごめんな。

共に戦ってきてくれて、ありがとう。

そして、これからも、どうぞよろしく。

「名もなき花」

作詞　大矢郁史／作曲　塚本晃

どこへ向かって　行くのだろう　ただ手探りの　君の道
辿り着く場所は　どこにあるだろう　そんな事すら　突き抜けて

型にはまった　方程式のような　答えじゃまるで　たちうち出来ない
無謀とも言える　君の強さが　眩しいほどに　崩れた日

ずっとその胸に　たえてたつぼみに　きっと咲くだろう　名もなき花が

胸をふるわせた　愛しい日々へと帰ろう　流れる汗も　乾かないまま
さまよえる君の旅は続くとも　生きてる証を　高らかに

ずっとその胸に　枯れてた涙に　きっと映るだろう　名もなき花が

どこへ向かって　行くのだろう　君の新たな　幕開けは
辿り着く場所は　どこであろうと　そんな事すら　ひっくりかえし

喜びの中で　泣けるだろうか
悲しみの中で　奮い立てるだろうか
向かい合った　自分に　恥じないでいられるだろうか
僕らは　笑って　死ねるだろうか

ずっとその胸に　秘めてた想いに　きっと咲かせよう　名もなき花を
ずっとその胸に　消えない想いを　きっと伝えよう　咲きほこった花へ

鎌形夫妻

著者紹介

鎌形睦美（かまがた むつみ）
1972年6月3日、愛知県知多郡生まれ。
高校卒業後、病院に勤めながら看護学校へ通い、看護婦免許を取得。1996年現在の夫・芳行さんと出会い、1年6ヶ月交際ののち、結婚。夫退院後、夫婦で不妊治療に取り組むが、子宝に恵まれず、治療を断念する。現在、看護婦の仕事に復帰し、夫と二人で生活している。

ふたり ～私たちが選んだ道～

2002年10月8日　初版第1刷発行
2003年 9 月28日　初版第8刷発行

著　者　鎌形睦美
発行人　前田哲次
発行所　KTC中央出版
〒460-0008　名古屋市中区栄1-22-16
TEL 052-203-0555　振替　00850-6-33318
〒163-0230　東京都新宿区西新宿2-6-1-30
TEL 0120-160377（注文専用フリーダイヤル）
印　刷　竹田印刷株式会社

ISBN4-87758-259-2 C0095 ¥1300E

日本音楽著作権協会（出）許諾第 0210957-308